我无法忘却在印度的岁月
如同我无法不爱结疤的果实
无声的劳作
夜晚困乏的灯光
所有在艰辛中蕴含甜蜜的事物

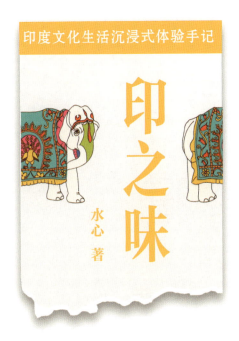

印度文化生活沉浸式体验手记

印之味

水心 著

浙江文艺出版社
Zhejiang Literature & Art Publishing House

图书在版编目(CIP)数据

印之味 / 水心著. —杭州：浙江文艺出版社，
2019.9

ISBN 978-7-5339-5784-1

Ⅰ.①印… Ⅱ.①水… Ⅲ.①散文集—中国—当代 Ⅳ.①I267

中国版本图书馆CIP数据核字(2019)第170671号

责任编辑　陈　园
装帧设计　吴　瑕
责任印制　张丽敏

印之味

水　心著

出版　**浙江文艺出版社**
地址　杭州市体育场路347号
邮编　310006
网址　www.zjwycbs.cn
经销　浙江省新华书店集团有限公司
制版　杭州天一图文制作有限公司
印刷　杭州富春印务有限公司
开本　880毫米×1230毫米　1/32
印张　8.625
字数　170千
插页　1
版次　2019年9月第1版
印次　2019年9月第1次印刷
书号　ISBN 978-7-5339-5784-1
定价　45.00元

序

对于印度，中国人既熟悉也陌生。说熟悉，是因为同为文明古国，两国的交往可谓源远流长。只要去一次印度，尤其是走走菩提伽耶、桑奇等文化圣地，自然能切身感受中印历史上的文明交融与互鉴。说陌生，是因为在对印度文明的欣赏上，其实有某种程度的缺失。

印度大概是意识到自己外部形象带来的冲击感，印度旅游局索性就以"不可思议"来打造印度特色。对初次接触印度的中国人来说，印度真的是很"不可思议"。文明间的差异是真实存在的，虽然还不至于到达如亨廷顿所说的"根本性差异"的程度。梁漱溟有过精辟概括，印度哲学研究人和神的关系，西方哲学研究人和自然的关系，中国哲学则研究人和人的关系。换言之，如果我们真要理解印度，可能也需要如我们曾经虚心欣赏西方文明一样对待印度，尝试读懂印度纷繁现象背后的历史语境和文化源流，这样才不至于认为印度是"不可思议"的。

中印两国尽管国情相似，但走的却是非常不同的路径。印度依靠上层社会的"非暴力不合作"而获得独立，继承了英国殖民主义者留下的大部分遗产；而中国则是通过无产阶级革命实现独立，建立了社会主义社会。最初的政治路径的分歧，就决定了两国在社会治理、政治制度、经济发展等方面的巨大差异。所以，不同思想倾向的人们在观察印度时，自然会产生"中国优越论"和"印度优越论"的争论。

对待这么一个"不可思议"的国度，我主张的态度是要"移情式地理解"。深入了解印度后，就会发现它确实有很多值得我们学习的地方。而且，一定意义上说，如果总是带着"优越论"的心态去看待印度，倒是可能会反衬出我们内心的某些焦虑。

水心以个人在印度的亲身经历，讲述了一个"不可思议"的印度，呈现了一个具有印度特色的印度。这种观察和体验不是表面化的，必定经历了由表及里的思考，同时融入了对印度发自内心的欣赏，如此才能展现一个立体的印度。正因如此，我诚挚地将本书推荐给大家。

复旦大学国际问题研究院研究员

林民旺

2019 年 6 月

目 录

第一辑

印之味

印度的黄昏

晚霞中残留着神的光荣和诱惑：
向我袒露吧，短暂路过此地的万物
苦楝树在叹息
试图以芬芳表达内心沉重的悲哀
结果是必然的，它只能再次回归
自身坚实的质地和沉静的秉性
大地在不甘中陷入昏睡
唯有树上那些无穷的鸟儿
世间有多少叽叽喳喳的命运
它们的声音里就有多少变化
每一道声响都带着电光来临
穿过树叶交叠的阴影
一瞬间完成诞生和爆炸
并撞向我石头般的肉身
试图从中攫取更多更激动的回声
我的孤独也在惊讶中轻轻颤抖
而一条狗早已领会其中的寓意
转过闪动的眼睛只身走向密林深处

寻味印餐

民以食为天，尤其是对中国人来说，舌尖上的烟熏火燎和五味杂陈是生活最不可少的根基。品味印度，于我而言当然要从吃食开始。

提起印餐，国人心中第一个想到的词大概就是"咖喱"，而且是柠檬黄、常与牛腩土豆等食材同时出没的产品。但到了印度后我才发现，在印度人的餐桌上，这种黄咖喱并不常见，使用较多的是一种叫作马萨拉（masala）的香料。

马萨拉是混合香料，通常由姜黄、茴香、芥末、豆蔻、月桂叶、肉桂、丁香、薄荷等调和而成，千变万化，错综复杂。印度到底有多少种马萨拉？这个问题就像中国有多少辣椒酱一样，家家有秘方，人人掌绝学，说是一家一味也丝毫不夸张。不过可以肯定的是，每一道印餐使用的马萨拉都包含十种以上香料，要把人的味蕾刺激到极限。

最有代表性的当属红咖喱。红咖喱中含有红辣椒和姜黄，故呈现欢腾的橘红色，通常用来烹饪肉类。由于印度教徒不食牛

◆ 菜市场上的香料铺

肉,餐厅中常见咖喱鸡肉、羊肉、鱼虾等。另一种绿咖喱则是素食者的最爱,常见菜肴是菠菜奶豆腐,将菠菜研磨成细粉,加上青辣椒、洋葱、茴香等香料,奶豆腐则是豆腐状的奶酪,合在一起细细烹煮而成。

菜品中除了些许肉或奶豆腐,精华都在咖喱糊糊之中。此时则需要烤馕登场了。在印度,我也没有见过风靡中国的"印度飞饼",倒是餐餐必备这种在传统筒状泥炉里烤制的馕。馕通常有原味、黄油味、蒜味几种口味,单独嚼来,平淡无奇。不过,只要将一勺咖喱糊糊涂在馕上,卷起来同吃,瞬间就会产生一种电光石火般的奇妙滋味。正如西红柿炒鸡蛋、啤酒佐炸鸡、西班牙火腿配蜜瓜、豆腐干与花生米同嚼(有火腿味),馕和糊糊也是天作之合,诸多香料在热乎乎的面食上瞬间找到了融合的催化剂,一番喧腾的味觉共同迎来更加悠远的回声,彼此诠释阐发,互相发扬光大,共同成就了这一口下去的丰厚层次和美妙体验。

马萨拉不仅是下厨必备,还有层出不穷的衍生品——马萨拉茶、马萨拉汽水、马萨拉薯片、马萨拉甜品等,如果你对这些还能气定神闲,不妨再来一口马萨拉酸奶,测试一下自己的耐受力究竟有多强。最令人啧啧称奇的是,有一次我在报纸的时尚专栏读到,本地一个香氛师打算研制马萨拉味道的香水,我以为这很能体现印度人的想象力和幽默感。

除各种糊糊以外,印餐中的主菜还有一种比亚尼(biryani)香饭。比亚尼身形细长,宛如冷美人,即使煮熟了也不似中国稻米软糯温香，而是颇有劲道，因此印度人将其和蔬菜、肉类混合在一起焖制成香饭，和新疆手抓羊肉饭倒是有些异曲同工。

历史上，莫卧儿的开国皇帝巴卑尔是中亚游牧民族察合台突厥人的后裔，王朝的诸位帝王便将更多中亚和波斯的饮食特色带入了印度，尤其印度西北部的饮食，打上了深刻的中亚和波斯烙印。新德里最有名的印餐厅之一、五星级酒店孔雀饭店（ITC MAURYA）里的布哈拉（BUKHARA）餐厅就是一个生动例证。"布哈拉"原是乌兹别克斯坦城市，9至10世纪时为波斯人建立的萨曼王朝首都，从这个名字便可看出印度食物与中亚民族之间千丝万缕的联系。布哈拉保留着最地道的印度西北部风味和烹饪特色，至今依然使用印式筒状泥炉制作食物。许多名人包括普京、克林顿夫妇、奥巴马等都曾光顾于此。餐厅价格自然不菲，一顿饭人均至少5000卢比①。

主菜用毕，如果觉得油腻，可以再来一盘蔬菜。印度天气炎热，绿叶蔬菜不多，常见的如菜花、豌豆、洋葱、西红柿、胡萝卜等，都是在热天里相对易于保存的种类。有一次在一个印度朋友家里吃到秋葵，他露出神秘的微笑问我："你知道这是什么吗？"

我眼珠转了两圈，想不起秋葵用英文怎么讲，有点窘迫。他大笑说："我们管它叫作ladyfinger！"转念一想秋葵修长纤细

---

① 按照2019年汇率，1元人民币约等于10卢比。

的模样，这个名字倒是颇有巧思和浪漫的遐想。《孔雀东南飞》里描写刘兰芝"指如削葱根"，异曲同工。我哈哈大笑，告诉他中国人也喜欢把美人的手比作蔬菜，不过我们更喜欢小葱碧玉。

印度人烹煮蔬菜的方式比较简单粗暴，通常就是各类蔬菜加香料一锅烩。如果在南印临海地区，当地人喜欢在蔬菜杂烩里加上特产椰子肉和腰果，让菜肴更添自然鲜香。

吃完正餐，五花八门的香料已经在舌尖撞得人头晕目眩，这时候有必要来一盘甜点抚慰一下翻腾的味觉。

最常见的印式甜点gulab jamun，民间传说是修建泰姬陵的那位痴情帝王沙贾汗的宫廷御厨发明的。印地语中gulab意为玫瑰，jamun意为番石榴。"玫瑰果"名字浪漫，外观则是一只虎头虎脑的棕色大糖球，是将牛奶加热成糊后，混合糖、奶油、少量面粉等揉捏成球，油炸后放入玫瑰水或藏红花糖浆做成。玫瑰水的芬芳是这道甜品的关键，由于果子中牛奶和面粉形成的孔隙浸满糖水，因此"甜到忧伤"。棕色大糖球具有核爆般的威力，在国人中间名气颇高，盖因尝试这种甜点的国人，通常会因为突然在口中爆炸的高甜度而不知所措，也留下了大片心理阴影。

当然，也不是所有印式点心都不受国人待见，接受度最高的，大概要数胡萝卜酥。这道甜品是将胡萝卜磨碎后加入牛奶熬煮，待水分蒸发3/4时再加入黄油、糖、小豆蔻小火慢炖，最后加入葡萄干等干果增加口感而成。胡萝卜酥甜度尚可，且具有蔬菜的天然清香，算得上是印式甜点里的小清新。

在甜点中使用干果和香料也是莫卧儿王朝将波斯文化带入南亚次大陆的结果。又如干果奶糕（kaju katli），是将腰果或开心果磨成粉后加入糖、牛奶、油脂制作而成，干果是其中最重要的原料。奶糕裹上食用铝箔纸，印式特色十足。

事实上，波斯甜点不仅东向延伸到了南亚次大陆，西向亦深刻影响了南欧诸国。因此有趣的是，今天南欧与印度的许多甜点在配料、做法上都有很多相似之处。西班牙的蜂蜜杏仁糖（torrone）和印度的杏仁饼（sohan halwa）均以糖包裹杏仁，希腊粗粉布丁（Greek semolina halva）与印度面粉酥（sooji ka halwa）的原料、配比都完全相似——油脂、粗粒面粉、糖、水按照1：2：3：4配比，不过印度黄油在希腊被换成了橄榄油。欧亚大陆上甜食的演变进化，完全可以写一出"甜食丝绸之路"的历史大戏。

说到印餐，就不得不说说用手进餐的习惯。一个经典的段子：印度人在火车上向中国人吹嘘，世间一切美食都可以用手吃。中国人笑而不语，下了火车就带印度人去吃火锅。这当然是中国网友对印式就餐法的揶揄，事实上我在去印度之前，印象里也认为这应该是"不太讲究卫生"或"底层人"的生活方式，如果人们生活条件改善了，自然会改变这一习惯。然而有两件事让我有了更多思索。

有一次参加德里一家智库举办的研讨会，与会者大都是尼赫鲁大学、德里大学的教师，算得上高级知识分子。中午是自助餐，有印式的也有西式的，一名学者取了餐，和我站在同一个就餐台，只见他旁若无人，用手大块朵颐起来，那副认真的样子，如同在一丝不苟地完成仪式。他见我的盘子里放着鹰嘴豆和奶豆腐，露出欣慰的笑容："我真高兴你愿意尝试印餐！"随后，他瞥了一眼旁边一个拿西餐的年轻人，有些失落地说："可是，印度许多的知识分子现在倒以吃西餐为荣了。"说罢又拿手里的馕擦了擦盘子里的糊糊，仿佛在坚持自己内心的信念。

第二次是离开印度前，我决定豪掷一把，去布哈拉体验一下。走进餐厅，所有的客人衣着考究，但都熟练地用手拿起馕，裹蘸着汇聚各种香料的菜糊大快朵颐。服务小哥看出我这个外国人的诧异，眨眼一笑："我们不提供餐具，希望您可以用手感受食物的原汁原味。"

小哥告诉我，饮食不仅是为了果腹，也是感官体验的过程，手的触觉与味觉、嗅觉同样重要，是饮食过程不可去除的一部分。通过手与食物的接触，人们能在意念中对食物予以更强烈的关注和尊重，体验到人与食物、与赐予食物的神灵之间深刻的联系，从而将身体与精神更好地联结起来。

我的疑惑终于得到了解答。我不禁对此前的偏见汗颜，也感到很有趣。照这种阐释，餐具俨然如宗教改革前的神职人员，破坏了人与食物的直接交流，吃饭是一种精神生活仪式，直接上手倒更加高阶。

许多研究印度的学者认为印度文化里有"轻物质、重精神"

的特点。这并非说可以全然抛弃物质，对绝大多数普通人而言，追求好日子也是人之常情。印度的特点在于现实生活受到宗教的强力介入，一举一动都被赋予更多的思想阐释和精神意义。因此，从精神角度解读印度人一些看似"奇葩"的举止，才有可能达成真正的交流和理解。不过话又说回来，且不管什么文化啦精神啦那些复杂玄奥的道理，如果要吃馕包糊糊，还真是用什么餐具都不及用手来得方便呢！

深红浅黄出芒果

一

日炎风暖忽夏至，正是芒果欲上时。

一到四月，德里气温骤升至40多摄氏度，春天的温柔气息匆匆消失，明晃晃的太阳如孔武之士，向干渴的大地倾泻炫耀着热与力，长达半年的漫长夏季来临了。

南亚次大陆的神灵总是对这片土地暴虐又深情，酷热难当的日子中也有些许慰藉，芒果便是造物主最好的礼物之一。

第一次吃印度芒果便是在初夏，当白色花瓣、黄色花心的鸡蛋花满园飘香，芒果也成熟了。印度芒果其貌不扬，表皮并不光洁，像不爱打扮的小姑娘，脸上长着大大咧咧的雀斑，皮上渗出褐色的糖浆，但剥开皮，黄澄澄的果肉一口咬下去，一股灵动的甘甜顺着饱满的汁水流入肺腑，纯澈清冽，顿时感觉舌尖上也开满了素馨花。这真是我吃过的最美味的芒果！

芒果原产于何处，有缅甸、印度、南非等不同说法，不过印度人坚称印度是芒果的故乡无疑。2016年，印度芒果产量1800多万吨，约占世界总量的40%，是名副其实的世界第一芒果大国。每年四月初，市面上就开始出现芒果的身影，一直持续到七八月份雨季结束芒果才下市，甚至到十月份，运气好的话也能在集市上买到经过保鲜的芒果。每年六七月份的芒果旺季，诸多农贸集市都会举办芒果节，展出来自全国各地形形色色的品种，小如甜枣，大如西瓜，色彩斑斓，有橙黄、青绿、黄绿、金红等，据说印度总共有1000余个品种，令人目不暇给。

宁可食无肉，不可居无芒果，我很快沉浸到芒果的甜蜜中。最常买的两个品种，一是金黄略带红颜的凯撒（kesar），皮薄馅大水分多；一种是绿色的希萨迦（himsagar），果肉厚实，香气浓郁，我戏称为"咖喱芒果"。三天两头跑农贸市场，很快和摊主小哥混熟了。有一次见我来，他黝黑的眼睛里闪起亮晶晶的狡黠，神神秘秘对我说："给你看看好东西！"说罢从货架端下一个纸箱打开，递给我一个金黄色的芒果。

这个芒果真是美貌无瑕，一个小雀斑也没有，形状饱满，没有凯撒个头大，倒别有妩媚之态，遍身金黄，散发着柔和静谧的光泽，还贴了一个"出口品质"的标签，以证明她出身高贵，品质不凡。小哥笃定地说："阿方索！孟买来的，印度最好的芒果！"当然要价也不菲，普通芒果只要七八十卢比一斤，这个居然要四百。看着小哥一副"我怎么会骗你"的样子，我将信将疑买了几个，打算回去尝尝这究竟是何圣果。

◆ 街头的芒果摊

不闻则已，一试惊人。我在厨房切开，客厅里都能闻到果香，吃过两小时，手指上仍余香缠绕，似乎那金黄的汁水中有一股袅袅未尽的魔力。

阿方索（Afonso）是印度最知名的芒果品种，被誉为"芒果之王"，产于印度西部海岸的马哈拉施特拉邦，果实金黄，异常甘甜，命名于16世纪的葡萄牙航海家阿方索·德·阿尔布克尔克（Afonso de Albuquerque）。阿方索生逢其时，葡萄牙开启大航海时代，他凭借军事和谋略天才，成为葡萄牙殖民扩张的一员骁将。葡人以印度西海岸的果阿为据点，在印度洋建立起庞大的殖民帝国，并将果阿作为东西方的中转站。阿方索站在人生顶点何其盛也，被称为"海上雄狮"，在战火和杀戮之外，他也将一种极好的芒果品种带到了印度。但其晚年被谗言中伤，失势于君王，潦倒放逐，最终病死海上。

几百年后，殖民者的血腥和过眼云烟般的荣耀已消失在海港深处，东西方的文明交流却在一次无心之举中留下了甜美果实。阿方索当年率葡人攻占果阿，遭到当地人的激烈抵抗，"舳舻千里，旌旗蔽空"，大概他万万没想到百年之后，引以为傲的丰功伟绩转眼瓦解，自己最终却因为一种水果流传于世。看似微不足道的吃食，却蕴含了绵绵不绝的力量。

二

人事有代谢，往来成古今。印度人既以芒果为国果，神话传说和历史记载中也遍布芒果的身影，旁逸斜出，酸甜有趣。

泰米尔传说中有一位"加里加尔之母"（Karaikal Ammai-yar），生活在6世纪的东南海滨城市加里加尔，是湿婆的忠诚信徒。有一次，她的丈夫差人向家里送了两个芒果。不久，来了一位苦行者向她乞食，她便给了他一个芒果。等她丈夫回家吃完一个芒果后，向她要第二个，情急之中，她虔诚向湿婆神祷告，一个芒果便神奇地出现了。她忽然意识到，刚才那位苦行者正是湿婆的化身。此后她更加全心全意敬奉湿婆，终成圣徒，被加里加尔城奉为保护神。

美好的芒果也俘获了外族统治者的心。莫卧儿王朝的开国之君巴卑尔征服北印后，感叹此地气候炎热，瓜果疏少，遂掀起"水果革命"。他大兴皇家果园，将波斯和中亚地区的美味瓜果移植到自家后院。不过最有名的还是在今比哈尔邦境内兴建的芒果园，据说其中有10万棵芒果树。

对芒果的喜爱在莫卧儿君王的血液中世代流传。第三任皇帝阿克巴命人将芒果切成条，保存在蜂蜜中，以便在过季后继续享用。阿克巴重臣、被誉为"宫廷九珠"之一的史学家阿布尔·法勒兹记载："园中芒果色泽、香气、滋味无与伦比……芒果在印度广泛种植，尤见于孟加拉、古吉拉特、摩腊婆①、贾尔冈、德干等地区，但在旁遮普地区殊为少见。自帝征服拉合尔之后，种植益盛。树苗四年便可结果，人们还将牛奶和蜜糖环洒树下，以期果实更加甜蜜。"

阿克巴的儿子贾汗吉尔在回忆录中写道："尽管喀布尔的水果十分甜美，却比不上芒果的滋味。摩腊婆的芒果因甘甜个大闻名，但若论多汁醇香、易于消化，还属阿格拉的芒果首屈一指。"最赫赫有名的第五任皇帝、泰姬陵的修筑者沙贾汗尤其喜爱德干地区的一个品种，有一次他的儿子奥朗则布擅自吃掉了树上的果实，沙贾汗十分恼怒，就斥责其未将果实献给自己。不知沙贾汗这番斥责是否令奥朗则布怀恨在心，后来奥朗则布夺权篡位，将父亲囚禁在与泰姬陵遥遥相望的小阁楼里，芒果竟然成为父子反目的导火线？不过话又说回来，奥朗则布一生严苛，过着清教徒的简朴生活，甫为君王，就将祖辈开创的宗教宽容政策悉数取缔，美酒、歌曲、舞蹈更是被视为罪恶的异教徒行为。奥朗则布还大肆征伐，将全国置于军事化统治管理之下。但这样不近人情的清教徒，也没有抵挡住芒果的诱惑。

莫卧儿时代，贵族如种植果园则可减免税收，这一举措大大激励了水果由宫廷走向市井。莫卧儿帝王们广植瓜果，并非仅仅出于饕餮之欲，而是凭借"舌尖上的思念"将中亚文化移植到南

---

① 今中央邦地区。

◆ 印度报纸上的漫画

亚次大陆上开花结果，也使世俗享乐之风（奥朗则布时代除外）上下蔓延。东印度公司派驻莫卧儿帝国的代表托马斯·罗甫到印度时，一个叫阿萨夫·汗的贵族送给他20个甜瓜，托马斯未能领会到印度朋友的美意，却抱怨"印度人将幸福建立在味觉上"。

莫卧儿帝国末代皇帝巴哈杜尔·沙二世（Bahādur Shāh Ⅱ）时期，乌尔都语诗人迦利布（Ghalib）以热爱芒果闻名。在流传下来的许多故事中，有一则我尤其喜欢。

有一天，迦利布和皇帝一起散步。经过芒果园时，皇帝见迦利布恋恋不舍地盯着一棵硕果累累的芒果树，便问他何以至此，迦利布答："皇上，智者道，每一口食物中都镌刻着将要享用它之人的姓名，臣窃思，这里是否有果树镌刻着我父亲和祖辈的姓名呢？"皇帝便欣然送他一筐芒果。

巴哈杜尔·沙二世的命运与南唐李后主相似，对文艺的热爱远大于对权力的追求，可惜生不逢时，误入皇家，继位时已然是英国东印度公司的傀儡。1857年印度民族起义后更遭英国殖民者定罪，被流放至缅甸，最终客死异乡。他自己是诗人，因此在宫廷中与诸位诗人惺惺相惜，亦是君臣亦是诗友。

> 树枝之王，树叶的，树木的
> 芒果是春天的孩子，被和煦的微风抚育

如今再读迦利布的美好诗句，依然能感到那微风、那果实、那低语的树叶，穿透历史的缝隙来到我们的手心。历史上南亚次大陆数次被外族征服杀戮，血流成河，加之天气酷热，人便容易生厌世之心。但这苦难重重的大地，却又生养了最甘甜可口的芒果，造化的无端与神奇，真是令人感怀又惊喜。

三

芒果不仅连接着宏大的历史典故，对每一个普通的印度人而言，更重要的是它牵引着文化线脉，承载着温柔的故土之思。

位于印度中央邦博帕尔的桑奇（Sanchi）佛教建筑群始建于公元前3世纪，距今约2300年，是世界上现存最古老的佛教圣地之一。桑奇最有名的一尊塑像是东大门的药叉女，药叉女是印度古代神话里森林中的小精灵，寓居于山林果树之中，促进生命滋长繁衍，是大地原生力量和生殖能力的象征。这名药叉女双臂攀缘芒果枝，仿佛凌空而起，摇曳多姿。茂盛的芒果树与丰满的药叉女融为一体，活泼泼展现着生命原初之美和生长动能，古印度人对生命的深情赞美和美好寄寓都凝刻在这件杰作之中。

在榕树下你用乳油般柔嫩的手挤着牛奶。

我沉静地站立着。

我没有说出一个字。那是藏起的鸟儿在密叶中歌唱。

芒果树在村径上撒着繁花，蜜蜂一只一只地嗡嗡飞来。

◆ 芒果枝上的药叉女

池塘边湿婆天的庙门开了，朝拜者开始诵经。

你把罐儿放在膝上挤着牛奶。[①]

泰戈尔在《园丁集》中，以优美温柔的语言抒发了对爱与人生的咏叹和眷恋。诗人将被爱点燃心灵者比作默默无闻的园丁，他们无私奉献自己的爱和辛勤，呵护爱的花园，而这座梦幻的花园正是以印度乡村永恒的美为蓝本。芒果的繁花、密叶中的鸟儿、湿婆的神庙……每个意象都牵动着印度文学中最温柔的部分。在泰戈尔看来，芒果树是印度的文化符号，因其扎根于人心，而被赋予了神性光辉。

1921年泰戈尔在加尔各答以北的小镇圣迪尼克坦创建印度国际大学，园中广植芒果树。几十年后，开国总理尼赫鲁将其爱女英迪拉·甘地送至该校就读时，按照泰戈尔的教育理念，她需要坐在芒果树下学习知识。清风习习，芒果树叶迎风翻飞，大自然也在潜移默化中将智识吹向青年人的心田。

伟大的圣雄甘地在阐述非暴力精神时亦借喻芒果树："非暴力精神必然指向谦卑……如果我们试图寻求神的帮助，我们应以谦卑的方式和忏悔的态度。我们应像果实累累而低垂的芒果树一样，将高贵放置在庄严的低处。"

承载了文化、精神意义的芒果也为政治家所青睐。尼赫鲁就

---

① 选自泰戈尔《园丁集》第13首，冰心译。

经常将芒果赠予外宾，出国访问时，还将芒果和芒果树苗作为国礼赠送。这里有一则外交插曲。印度芒果闻名遐迩，美国担心冲击本土果农，相当长的时期内不允许进口印度芒果。这可苦了印度外交官，芒果之于印度人，大约可以拿老干妈之于国人来类比，吃的不仅是滋味，更是魂牵梦萦的情怀。美国也有本土辣椒，但和老干妈就不是一个味儿。直到1961年尼赫鲁与肯尼迪会面，美国才允许为外交官破例。据当事者回忆，其时印度驻美大使夫人向使馆里每个家庭送去了印度芒果，但吃完后必须将核留下，统一送往美国农业部销毁以免种子在此发芽。

如今在印度，芒果早已走进寻常家，上至达官贵人，下至平民百姓，无一不爱，从北方喜马拉雅南麓小城瑞诗凯诗，到南端海滨城市科钦，哪里有湿婆神的雕像，哪里就有芒果的踪影。最底层、最贫穷的人们到了夏天没有食物，摘几个芒果也可以果腹，暂时免受饥馑之苦。

与芒果有关的事物，最令我难忘的是在一次德里大学艺术学院毕业生画展上蓦然瞥见的一幅油画。

晨光熹微，初夏的晨雾尚未散去，一个穿棕色夹克的中年男人拉着一个小男孩，穿过正在苏醒的集市街道，街道两旁的小摊上，整整齐齐地摆放着一排排黄澄澄的芒果。仿佛可以听见清晨第一声鸟鸣，仿佛可以感受到晨光的清冽和温暖，仿佛可以闻到芒果的芬芳。那个面容模糊的小男孩就是此刻世界上最幸福的人。

◆ 芒果节上百变秀

　　我心中霎时回荡起一个熟悉的、祈祷般的句子："多年以后，库马尔先生站在大千世界面前，准会想起父亲带他去参观芒果市场的那个遥远的清晨。"因为这一刻，库马尔先生一生无论遇见多么深重的孤独，都会再次感到温馨和宁静。

初到新德里时，曾听闻一条有趣的天气预报，此地"二月份20多摄氏度，三月份30多摄氏度，四月份40多摄氏度"。果不其然，北印的夏天来势汹汹，一年约有四分之三时间都是高温天气。在漫长的苦夏里，吃冰淇淋成了一天中最美好的时刻。

第一次在街边小摊买冰淇淋，心里有点儿打鼓：会不会质量不好？会不会不干净吃了拉肚子？于是挑了一种最贵的，盒装100克，35卢比。皮肤黝黑的售卖小哥兴高采烈地把冰淇淋递给我，待一口下肚，醇厚的奶味与特殊的香气像一对舞者，在味蕾上丝丝袅袅，交叠旋转，小哥见我眼睛里放出光来，露出得意的笑和一口白牙。

传统的印度冰淇淋叫作kulfi，与西式冰淇淋不同的是，kulfi由鲜奶经数小时小火慢炖而成，由于印度教推崇素食，为了方便众多的素食者食用，制作过程中不加入鸡蛋，因而口感比西式冰淇淋更加醇厚绵密，充满浓浓的奶香。

现代印度冰淇淋口味众多，流行的香草、芒果、草莓、巧克力、咖啡等口味应有尽有，但我最喜欢的还是富有特色的印式经典口味。一种是开心果藏红花味（kesar pista），由于加入了藏红花，冰淇淋呈神秘高贵的金黄色；另一种是奶油坚果味（me-va malai），通常是腰果加小豆蔻。在冰淇淋里加入香料，绝对是富有印度特色的脑洞大开，如同英国殖民时期印度人在英式奶茶中加入姜、肉桂、丁香等香料，最终成就了印式拉茶一样，坚果和香料的组合不仅完美碰撞出印式热带风情，让人在斑驳的口感中感受造物的奇妙和不可思议，也为冰淇淋增添了独特的气质：它可以是甜蜜的、轻柔的，也可以是辛香的、不羁的，甚至还带有一丝戏谑的幽默感。

印度冰淇淋好吃的另一个重要原因是奶质好。印度牛奶的鲜香，常令我想起儿时第一次喝牛奶的味道：简单醇厚、返璞归真。优质的牛奶，得益于印度现代史上著名的"白色革命"。

上世纪40年代，印度奶业普遍由大公司垄断，牛奶收购价格被恶意压低，奶农们辛辛苦苦，却所获无几。1946年，古吉拉特邦凯拉区的奶农在韦尔盖斯·库林（Verghese Kurien）等人的领导下建立了奶业合作社，合作社独立完成采集和加工，绕过大公司和中间商的盘剥，使奶农可以获得消费者在市场上出价的70%～80%。此举极大调动了奶农的生产积极性，拉开了"白色革命"序幕。1948年，合作社将品牌改为阿穆尔（Amul），这个词来自梵语Amulya，意思是无价之宝。随后，阿穆尔模式在古邦其他区域被广泛复制。

◆ 开心果藏红花味的 kulfi（上图）

◆ "母亲乳品"三大畅销冰淇淋（下图）

1970年，印度国家乳业发展委员会（NDDB）在联合国"世界食品项目"资金支持下发起"洪水行动"，这是世界上最大的乳业发展项目。印度政府任命库林为NDDB主席，将阿穆尔的运营和管理模式推广到全国。1974年，NDDB下属的全资子公司"母亲乳品"（Mother Dairy）宣告成立。

经过不懈努力，印度奶制品不足面貌得到根本改善。30年间，印度的牛奶产量增长了四倍。1998年，印度一举超过美国，成为世界最大牛奶生产国。2014—2015财年，印度年产牛奶1.46亿吨，约占全球牛奶产量的16%。

与"白色革命"相伴相生的阿穆尔和母亲乳品也成为印度乳品市场上的双璧。阿穆尔现在是响当当的国民品牌，其标识上骄傲地写着"印度的味道"。母亲乳品的奶站则开遍大街小巷，在新德里，几乎每隔两三公里就必有一个母亲奶站。500克的鲜牛奶20卢比一袋，如果拎着自家小桶去自动售奶机购买散装牛奶，价格会更加亲民。

在印度，牛奶的意义超越食物，蕴含了浓厚的宗教文化色彩。印度教的许多传说和神祇都和牛奶有关。如《摩诃婆罗多》中足智多谋的御者"黑天"是掌管维护的毗湿奴大神化身，他小时候是一名顽皮的牧童；天神们与阿修罗搅拌乳海，提炼出长生不老的甘露。将牛奶与神灵相连，显示在漫长的农耕社会中，人们认为牛奶蕴含宝贵的营养和生命力。至今，虔诚的印度教徒在祈祷时，会将牛奶缓缓浇在圣物之上，表示将世间最纯净美好之

◆ 信徒将牛奶浇在象征湿婆神力的"林迦"①上

---

① 男根形象的林迦被印度教湿婆派及性力派视为湿婆的化身。

物敬献给神灵。

从现实功用角度讲，包括冰淇淋在内的奶制品是素食群体获取蛋白质的重要来源，在印度人的餐桌上有不可或缺的地位。冰淇淋不仅是穿街走巷的零食，还是餐后甜品的必备成员。印餐菜品多是各种香料云集的"重口味"，在享受完一顿印餐的火热与喧腾之后，来一碟冰肌玉骨的冰淇淋，真是相得益彰、神清气爽。

一口小小的冰淇淋，承载了印度历史、宗教、文化多重意味，对每一个平凡人而言，则是他们温馨又珍贵的生命体验。黄昏时分，身穿纱丽的母亲拎着小桶走向奶站，小孩子跟在母亲身后蹦蹦跳跳，眼巴巴地看母亲拿硬币换回一盒冰淇淋，伸着舌头心满意足地舔一口。目睹此景，我不禁想起诗人泰戈尔在《第一次的茉莉》中写道："但我想起孩提时第一次捧在手里的白茉莉，心里充满着甜蜜的回忆。"这个孩子长大后若回忆起现在这一幕，将诗中的白茉莉换作冰淇淋，倒是十分贴切呢。

印装里的风情与沉思

　　到印度的第一天，我穿着从国内带去的及膝半裙。没想到，一到黄昏，在走廊里站了五分钟，便被蚊子接连问候，小腿上肿起三个虚胖的大包。同事见状大惊，赶忙送我一管牙膏状的防蚊药，叮嘱我赶紧涂上，德里每年夏天都会有登革热病例，切不可大意，如果有皮肤裸露在外，就必须涂防蚊膏，当然了，最好还是买几套当地服装，因地制宜，万无一失。

　　我留意了一下大街上的印度妇女，还真是，几乎没有穿西式服装的。仔细想想，也难怪，印度常年炎热，蚊虫漫聚，经过千年时光检验的民族服饰轻薄透气，可以完整地包裹身体，便于散热防蚊，比西式服装更加实用。

　　说起印装，最知名的当属纱丽。纱丽在梵语中原意为"一块布料"，最早可追溯到公元前2800年的印度河文明时期，在举行宗教仪式时女性身裹的长袍，就是纱丽的雏形。公元前6世纪的梵语文学作品里，纱丽"三件套"已经固定下来：一是短袖圆领紧身衫，通常长度到上腹部，露出腰肢；二是衬裙；三是一块长约6米、宽约2米的罩袍。衬裙和紧身衫用来打底，真正的韵味在于罩袍。将罩袍一端在腰部缠绕出长裙的效果，整理出褶皱，再绕过胸前，搭在肩上，打出褶，用别针固定，剩下的布料就在后背垂挂拖曳，或挽在手臂上，或披在头上，走起路来，布料迎风飘摆，婀娜生姿。

多情的纱丽看得我心里痒痒，周末一大早，我便去了当地一家五脏俱全的市场，做衣服去。

市场上的小店特别能体现一个人口大国紧张的空间感，店面通常都非常小，但从地板到天花板，每一层的货架上都被老板塞得满满当当。先来到布料店，胖胖的老板坐在店中央的坐榻上，有一种财主般的幽默气质，身后四周，密密麻麻放着五颜六色的布匹，缤纷乱目的色彩又给他增添了一点魔术师的感觉。

听说我想做纱丽，老板胸有成竹地抽出了三四匹布并一一打开。我有点受宠若惊，觉得一一打开太麻烦他了，便告诉他我看看就行，不必打开。他神秘地朝我一笑，让我耐心等待。等他打开后，我才明白，原来，这并不是一匹单一的布料，而是制作纱丽的整套用料，露在外面的颜色只是纱丽的主色，打开后便能看到配色。比如，纱丽的主色是宝蓝，罩袍的边缘可能就是与之相撞的明黄色，飘动在肩上的部分会是比宝蓝更清浅些的蔚蓝色，通过色彩的渐变和互补，让纱丽整体看上去具有层次和灵动感，而这些色彩在生产布料时就已经搭配好了。

见我露出些许赞叹的模样，老板更加得意，一口气让他的伙计打开了十多种。我有些不好意思，告诉他我只买一套，他却很爽快地说："没关系，只要顾客喜欢，我们打开多少都可以！"

最后，我选了一套湖蓝底色的细纱布料，以1200卢比成交。老板再次露出神神秘秘的笑容："我让伙计带你去裁缝店，那是我的合作伙伴！"哟，还一条龙服务。制作费花了300卢比，一个星期后，我的纱丽就大功告成了。为了方便外国人穿着，裁缝还把衬裙和罩袍下摆固定成长裙样式，相当于半成品，穿的时候简单一些，只要用罩袍剩下的部分缠绕住上身就可以。

纱丽有各种质料，棉布或粗麻材质的价格较低，丝质的贵一些，比棉质的更加贴身，具有垂坠显瘦的效果，也更有光泽和质感，缀上金丝银线织成的图案装饰，更是造价不菲。如圣城瓦拉纳西，就是最负盛名的纱丽产地之一，此地出产的纱丽通常以上好丝绸制成，饰以金银丝线修成的织锦图案，如繁复的花朵和树叶交缠花纹，具有浓郁的莫卧儿风情。

根据不同的流行色彩、材质、花纹、工艺，纱丽可以变出万花筒般的不同形式，可华贵，可朴素，可典雅，可妖娆。莎士比亚描绘埃及艳后的诗句"岁月不曾令她凋谢，习惯不曾制约她无限的变化"，正可以形容纱丽的千变万化中蕴藏的无尽魅力。

从北部一望无垠的拉贾斯坦沙漠，到南方风和日丽的海滨，从宝莱坞明星到乡村劳动妇女，不同地区、族群、阶层的女性将纱丽演绎出千姿百态的穿法，据说一共有上百种。需要经常干活的农妇罩袍通常很简单，便于灵活运动，而舞者就会更加注重飘

◆ 爬到靠近天花板位置工作的裁缝

逸效果，借助服饰在舞台上生辉。在城市的大街小巷，或是偏僻乡壤，衣袂飘飘的纱丽永远是一道令人惊喜的风景线。城市面貌也许不是那么光鲜亮丽，沧桑的古迹遗址、黑旧的居民楼、残破的贫民窟，与"现代化"的标准图景相去甚远，乡村中还吹拂着似乎被时间遗忘的风，但只要有穿纱丽的妖娆身影，就会生出独特的印度韵味。

传统观念中穿纱丽有一番讲究。在古印度神话传说中，维护之神毗湿奴肚脐上的莲花产生了梵天，梵天创造了宇宙，肚脐是生命和创造的源泉，故一些阐释印度教伦理行为规范的法论学者认为，穿纱丽时不应露出肚脐。此外，穿纱丽者以丰腴为美，腰部要露出"游泳圈"才是富态的表现。现在，传统禁忌已无须严格遵守，显瘦甚至骨感反成了现代时髦。

但对我而言，穿纱丽毕竟还是个技术活儿，非一朝一夕之功，尽管裁缝已经帮我解决了下摆的问题，但稍不留神，罩袍就从肩膀上滑落或走样了，且穿纱丽会露腰，既不适宜上班，也不符合中医养生之道。于是，我又去市场上做了"旁遮比服"。

旁遮比服最初流行于印度旁遮普邦和巴基斯坦一带，因此得名，与纱丽组成相似，也是三件套女装：一件圆领开口的上衣，下摆介于臀部和膝盖之间，从臀部起开衩，突出女性胸部到腰部线条；一条臀部宽松、小腿紧缚的收腿裤，宽松的目的是保证在盛夏之时透气凉爽，小腿收紧则防止整体看上去臃肿；一条长约3米的纱巾。但纱巾围法与纱丽有所不同，一般是纱巾居中由胸

◆ 身着旁遮比服的印度少女

前经双肩向后搭放，让两端垂至腰间，这样走起来纱巾随风飘拂，与纱丽具有同样潇洒飘逸的效果。旁遮比服简单，比纱丽更适合日常穿着，烈日晒不到，蚊虫叮不着，深受民众喜爱，也几乎成了我的外出常服。穿着旁遮比服去市场买水果，砍价的时候都多了几分本地居民的底气。

总的来看，印度民族服饰独具特色。颜色一定要鲜艳夺目，桃红、金黄、亮紫这样高饱和度的色彩比比皆是，大红一定要搭配翠绿，明黄得挨着宝蓝，每一片色彩都喷薄欲出，热烈地显示自我，要在高强度的撞击感中焕发令人目眩神迷的生命力。纱巾、披肩不再是配饰，而是成套服装的有机组成，兼具实用和美观，既可以防晒防蚊，又可以增加女性线条的流畅性，提升成套服装的整体感。图案风格多来源于印度本土动植物或神话形象，如莲花、蔷薇、麻雀、孔雀、蝴蝶等等，让人一眼便感受到浓浓的热带风情。

随着印式时尚渐渐崭露头角，印度也出现了不少在国际上颇有知名度的设计师。他们的作品既保留浓重的传统特点，呼应厚重的历史观感，又呈现有着无限可能的未来，将文化和哲思倾注到服饰中，内涵深刻又富有活力。

这就不得不提到印度国家时装技术学院（National Institute of Fashion Technology），它成立于1986年，由印度纺织部负责管理，学院总部设在德里，在孟买、加尔各答、海得拉巴、金奈、班加罗尔等大城市总共拥有15个校区，以德里校区

◆ 低调的印度国家时装技术学院

最为著名。我曾拜访过德里校区，站在大门口，有点难以置信，看似不起眼的牌匾掩映在绿树之中，谁能想到，这背后是一长串印度时尚设计明星闪闪发光的名字呢？

我尤其欣赏的印度设计师有两位。一位是曼尼什·阿罗拉（Manish Arora）。在电影《起跑线》的开头，服装店伙计向一对母女顾客兜售婚纱，她们一脸漠然，看不上这些款式。这时老板拉吉上阵了，拿出一套压箱底之作，声明这是曼尼什·阿罗拉设计款，引得她们兴奋不已，可见在广大印度潮女心中，阿罗拉俨然是时尚界的代言人。

的确，2005 年，阿罗拉第一次参加伦敦时装周就大受赞誉，其后更成为印度在国际时尚界的一张名片。阿罗拉的作品具有强烈的个人风格，像丰富的调色盘，包含自然界各式各样闪亮的生命，蝴蝶、羽毛、花朵、水晶、鹰……奇特而绚烂的组合体现了天马行空的艺术想象。观赏这些作品如同走进光亮的热带丛林，树木茂盛，花群绽放，生命的浓烈感迎面扑来，观者必须稳固站立，才不会被这股热浪冲毁。异域元素是阿罗拉吸引西方的一个原因，但为何阿罗拉的作品可以从众多具有异域元素的作品中脱颖而出？因为他的作品中蕴含的力量感。阿罗拉称，自己的潜意识里受到女权主义者的影响，作品是为那些意志坚定、思想犀利的女性而生，而不适合"心地软弱的女性"。

阿罗拉心高气傲，对将"印度元素"作为商业卖点的模式不屑一顾，而有志发掘"印式时尚"中与生俱来的生命力。2015

年在接受《印度快报》专访时记者问他如何看待一些营业额高达
10亿卢比的印装品牌，他回答说，时尚是打造自我认知、确立
身份的艺术，但当前印度报纸上却泛滥着千篇一律的装束。他还
称，时尚是一门艺术，一门严肃的产业，但目前印度还非如此。

另一位则是拉杰西·普拉塔普·辛格（Rajesh Pratap
Singh）。与印度传统审美迥异，辛格设计的服装非常简洁低调，
以极简风格、剪裁利落、细节考究、面料上乘著称，在廓形上非
常具有现代感。但辛格并没有脱离印度传统，相反，他的理念
是，传统不一定要用喧闹的外在形式来表现，也可以静默无言，
以隐忍的方式埋藏在深沉之处。

辛格非常喜欢在服装中以羊毛作为原料，2013年他开始担
任羊毛标志（Woolmark）大使，致力于推广羊毛制品。辛格对羊
毛情有独钟，来源于他的故乡情结。

辛格出身于拉贾斯坦邦一个上层家庭，拉贾斯坦邦位于印度
西北部，邦内有广袤的沙漠。在电影《PK》开头，阿米尔·汗扮
演的外星人男主角乘坐飞船，便是降临在拉贾斯坦邦沙漠中。古
往今来，人们牵着骆驼在沙漠中穿行，为了减少烈日的灼伤，便
以羊毛制成极薄的披巾，罩于头部，穿过沙丘，由于羊毛控温效
果好，具有良好的隔热性能，即使在夏天也被当地人广泛使用。
对沙漠里的人们而言，羊毛是一种生活必需品，更是联结人与大
自然的情感纽带。

不仅在拉贾斯坦邦，实际上，几乎印度整个北方地区都与羊

毛有深厚的历史渊源。至今，羊毛以及羊绒围巾仍是印度最重要的手工业之一。

印度大约是非西方世界中民族服饰保留得最好的国家，民族服饰不是重要节庆日的特殊装束，而是依然被人们广泛用于日常生活中，以至于穿着民族服装意味着对传统文化的认可和执着，变成了一件与国民感情和民族认同相关联的事。

2016年，印度总理莫迪更是直言："卡迪（Khadi）不仅是服饰，更是一种理念。"他所说的"卡迪"便是印度最常见的一种传统立领棉质上衣。随后，卡迪及乡村工业委员会便推出被誉为印度"时装女王"瑞塔·柏丽（Ritu Beri）操刀设计的卡迪服饰品牌Vichar Vastra（意为"理念服饰"），每件售价1299卢比，价格亲民，卡迪是印度国民精神的象征。

有人认为，印度人对印装的偏爱包含了民族主义。的确，服饰不仅是外壳，也葆有一种文化的感觉和灵魂。光就审美层面而言，在全球服饰越来越趋同的今天，当各大城市的购物中心都能找到ZARA（飒拉）和H&M（海恩斯莫里斯），印式时尚的确展现了另一种珍贵的可能。

◆ Vichar Vastra 的宣传广告

开车也是心灵瑜伽

　　印度朋友经常开玩笑说：如果你能在德里开车，你就能在世界上任何地方开车。就像游戏里如果高级模式都能通关，初级和中等自然不在话下。

　　印度是英联邦国家，车辆都是右舵，和国内正好相反。我初来此地，交规、道路、驾驶习惯皆不熟络，第一次自驾出门，不敢独自行动，拉上"老司机"老张坐副驾，战战兢兢地上了路。

　　老张已经在德里开了三年车，经验丰富，内心淡定。上路前，他对我进行了一番因地制宜的培训："德里司机都不看后视镜，你发现没有，路上好多车都没有后视镜。只要前方有空隙，你只管往前开就好了。放轻松，最多就是撞一下，问题不大！"

　　入乡随俗，国内的交规白学了。德里司机都擅长玩俄罗斯方块，要将路上的每一寸空间都利用起来。路上的虚线、实线以及白线、黄线基本等于没画，两个车道一般会并排挤下三辆小车，感觉旁边的车离我只有一个拳头的距离，啊！马上就要贴上了——我只能减速慢行，像只蜗牛在路上爬，任凭超自信的本地司机叱咤风云地从旁边呼啸而过，身后被我压住的车则放鞭炮一样地按喇叭。更有技术超群者，为了连续超车，开足马力，在不同车道间以"Z"字形来回穿梭，蜿蜒作业。到了十字路口碰上绿灯，我正准备直行，左边一辆车不打转向灯，一鼓作气来了个右转，从我面前一闪而过！我急踩刹车，老张笑得淡然："没事，慢慢习惯就好了。"

我仔细观察了下道路上来往的车辆。最常见的是日系小车，一来体积比较小，在如此拥挤的道路上，轻便灵活易转弯；二来德里天气炎热，车内几乎终年需要开足空调，日系车自重较轻，制冷效果好；第三，日系小车价格较低，对大部分中产家庭来说更实用。难怪日系汽车在印度占领了很大的市场份额。如日本铃木在印度的合资企业马鲁蒂铃木（Maruti Suzuki），2018年约占印度小轿车市场份额的53%，风光无限。

在上世纪七八十年代，印度最流行的本土汽车品牌是大使牌（Hindustan Ambassador），一款仿照英国莫里斯公司牛津系列生产的老爷车，非常有复古感。随着外资逐渐进入印度市场，性价比更高的产品渐渐取代了光辉的大使牌。2014年，大使牌汽车停产，如今，街道上偶尔还会看见它的身影，大部分是政府用车或出租车，宛如一个执拗、古板而又有点可爱的老头，依然在一丝不苟地继续完成自己注定会谢幕的历史使命。

此外，随着印度经济高速发展，路虎、奔驰、宝马这些土豪款式也越来越常见，它们趾高气扬，飞驰而过，显示着这座城市光鲜活力的一面。

　　"突突"（scooter）是道路上最有本地特色的风景线。突突是绿身黄顶的机动三轮车，类似于中国90年代县城里的"火三轮"。由于德里出租车数量很少，一般只在五星级酒店和机场有约车服务，突突就承担了出行私人定制功能，招手即停，十分方便。突突通常有两个座位，也有四个座位的豪华改装版，不过两座突突重峦叠嶂装四五个人的盛景很常见。

　　突突在路上一蹦一跳，看上去非常可爱，不过也是公认的马路杀手。突突船小好掉头，在路上无孔不入，哪里有个小缝，它轻轻一扭就钻了进去，令人措手不及。我曾在盛夏坐过一次突突，其时气温40多摄氏度，司机开得飞快，哪里有空隙就往哪里钻，热风迎面扑来，像火热的刀子刮在脸上。我用力用纱巾护着脸，请师傅开慢一点，不用着急赶时间，师傅有点儿生气，似乎认为我在怀疑他的能力，开得更快了："放心，我开了二十多年的突突，从来没出过事故，没问题！"

　　在汽车和突突之间如果还有空隙，就会灵巧地插入摩托车、争先恐后的行人和动物，尤其是神牛可以肆无忌惮地横穿道路，犹如宣示主权。神牛可不管路上有多少心急如焚的司机，只管慢悠悠地甩着尾巴。如果碰到一群神牛，成群结队，组团通行，那就相当于一个事故现场。在这样的路况里，"路怒"更加普遍，即使心灵瑜伽修行者怕也按捺不住接连鸣笛，有的车辆没有后视镜，司机干脆在车背后贴一个大大的标示"请按喇叭"。在这种情况下，还能保持心平气和，才算心灵瑜伽练得不错。

我曾向一位印度朋友抱怨堵车的问题，他优哉游哉地说："路上车多说明印度经济发展得很快嘛，充满活力！"此话倒也没毛病，充分体现了印度人骨子里的乐天派。当年英国人修建新德里时，大概未料到如今德里的机动车数量会暴涨，路宽不够，很多主干道是双向两车道，路口交会处也设置为颇有英式特色的转盘（roundabout）。转盘设计在车少时好处明显，不用等待红绿灯，车多时就容易乱作一锅粥，内车道的想出去，外车道的想进来，全靠人民群众自发调节。最典型的是市中心的康纳德广场，广场中央是一个巨大的圆形转盘，十多条道路从转盘向四面八方放射开去，沿街鳞次栉比布满商店，所以康纳德广场又名"大圆圈"。大圆圈常年堵得水泄不通，很是热闹。

有的道路年久失修，路面坑洼，甚至环路主干道上也会时不时冒出一个大坑。印度人热爱自然，树木不能随意处置，如需砍伐，须经政府报批。这样一来，好好的路走着，突然旁逸斜出一棵拒绝搬迁的树！不仅如此，在本来就不平整的马路上，还修建了很多凸起的减速带，道路部门似乎存心要提高司机的通关难度指数。各种因素叠加起来，在德里开车，时速能达到四五十公里就算相当顺畅了。从德里到泰姬陵所在的城市阿格拉约200公里，但单程至少需要3个半小时，而且还是走高速！

开得太慢其实也并非一无是处，剐蹭时有发生，但因为速度不快，也不会酿成大祸。不过和"路怒"不同，印度对剐蹭的宽容度倒是很高，一般下车看看，没什么大碍，双方拍拍肩膀，继续各回各家，有的人甚至连车也懒得下，隔着车窗竖个中指，再一骑绝尘表示愤怒而已。

对此我有亲身体验。有一回，我开到了一个繁华商业区，好不容易找到一个停车位，大喜过望。侧方停车时光顾着前后，没想到技术不够，没能一把停好，开出车位时不小心蹭到了正堵在路边车道里的一辆——哟，还是个擦得铮亮的宝马。好嘞，准备赔钱吧——司机小哥似乎正在悠哉听音乐，忽然祸从天降，摇下车窗一看，估计见我是个女司机，便皱了皱眉头，气呼呼地"哼"了一声。正好前方人流散开，他也顾不上和我理论，慢吞吞地晃悠走了。

印度人在这点上想得很开，既然车是个代步工具，岂有不受消耗之理，只要不是大问题，就不甚计较，这也是印度文化里"轻物质"的现实反映。这种态度我由衷地欣赏，人生已经如此艰难，何苦苛求身外之物的完美，不必要劳心费神。英雄的疤痕会增添沧桑厚重，车身上的刮痕倒也是"行万里路"的见证。以至于回到国内后，每次看到有人因为一点剐蹭在路上理论，针尖对麦芒，争得面红耳赤，我都有上前劝导的冲动：世间万物，梦幻泡影，学习一下印度朋友的超然态度嘛，人生不要这么累。

老张一共在印度开了四年车，四年时间里他一个小事故也没出，且车技飞速成长，能在路上随意放飞自我，超车、别车水平完胜本地司机。离开印度时，他特别发愁回国了怎么办，照他这个开车习惯，上路三天分就得全扣完啊！

珠宝记

　　"披罗衣之璀粲兮，珥瑶碧之华琚。戴金翠之首饰，缀明珠以耀躯。"曹植描写洛神璀璨华美的句子永远行走在国人的古典记忆里。有趣的是，这句诗用来形容印度女性，也是再贴切不过的了。在南亚次大陆的土地上，她们身穿色彩明艳的纱丽，佩戴繁复多彩的珠宝，行走时纱丽迎风飘摆，珠宝叮当作响，相映生辉，风姿绰约，形成了最有印度特色的风景。

　　我第一次深切感受到印度人对珠宝的爱不是在大都市，而是在一座石窟里。

　　那是马哈拉施特拉邦的阿旃陀石窟。马哈拉施特拉邦位于印度西海岸，大名鼎鼎的孟买就属于这个邦。阿旃陀石窟内绘有大量佛教壁画，约作于公元前2世纪至公元7世纪，是印度现存最早的古代壁画遗迹。

　　画作中包含许多栩栩如生的女性形象，雍容华贵的贵族妇女、飘然绝尘的天女、拈花微笑的菩萨，她们面容明艳，体态婉转，温暖的色调充满眷恋世俗的氛围，透露出时代的繁荣和自

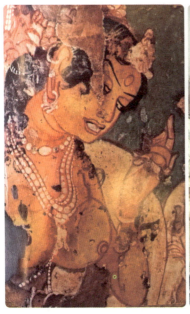

◆ 阿旃陀石窟中的壁画

信，甚至含有糜乐的气息，而整体画作又在宗教精神照耀下，隐含着微妙的悲悯。她们有一个共同点，皆佩戴由天然宝石制作的成套首饰。

我霎时明白，印度人对珠宝的热爱和追逐古已有之，珠宝不仅是日常生活不可或缺的装饰品，更融入了历史编载和神话想象，成为文化血液里的一部分。

在现代印度社会中，人们仍然相信宝石与命运、财富有着千丝万缕的联系。珠宝不可随意佩戴，一个人在某段时间内佩戴什么样的珠宝才能交好运，都是有讲究的，需要咨询专业大师的意见。小说《Q&A》（后改编成电影《贫民窟的百万富翁》）的作者、印度资深外交官斯瓦鲁普在其另一部小说《六个嫌犯》中描写了一位迷信的退休官员，他对妻子恶言相向，对仆人更是蛮横，却对"大师"顶礼膜拜。"大师"告诉他，只有佩戴蓝宝石才能时来运转，他便像小学生对待老师的话一样深信不疑，从中大可一窥印度式珠宝迷信。

有一次在街头，一个老妪向我乞讨，她看上去又黑又瘦，似乎好几天都没吃东西了，但定睛一看，她鼻子上却戴着一只小小的金鼻环！我先是诧异，旋即释然，这枚小小的金饰应该是她的全部家当，对她而言代表生活的最后一丝希望和祈祷吧。

我对印式珠宝慢慢有了好奇心，路过珠宝店时便忍不住进去看一看。这一看真是吓一跳，我素认为珠宝以小巧、灵动为美，这种审美观念遭受了巨大冲击。

印度珠宝给人扑面而来的冲击感：超大号垂坠式耳环，让人心生疑窦，稍单薄的耳垂会不会承受不住？雄厚粗壮的项链、手镯，似乎多戴一会儿就会增加患颈椎病和关节炎的风险。在造型设计上，印度珠宝不仅形态夸张，更显出一种咄咄逼人的恢宏气势：美就要美得先声夺人、雷霆万钧。

色彩搭配也非常大胆，当青翠欲滴的祖母绿撞上张扬的足金，当鲜艳瑰丽的红宝石和深邃的蓝宝石相遇，这些珠宝拒绝单调、苍白和内敛，而是用强烈的撞色凸显着热带国度里生命的葱茏和丰饶。

印度人崇尚珠宝的"土豪感"。最明显的一点就是偏爱黄金。在印度人心中，金色代表高贵和质感，只有金灿灿、亮晃晃、明艳艳，才能光彩照人。传统珠宝镶嵌有一种昆丹法（Kundan），又叫包裹镶嵌法，特点是在宝石和底座之间使用金箔，使其显得色彩艳丽，更加奢华。昆丹法起源于莫卧儿王朝时期现西北部拉贾斯坦邦和古吉拉特邦地区的皇室，也成为莫卧儿时代珠宝最强烈的特征。

相反，白金就不那么受待见了。有一次，我好不容易在珠宝店里看到一个造型小巧、价格也还能接受的耳环，可惜是黄金做的，便问老板有没有相同款式的白金制品，老板非常疑惑地看着我："女士，如果你戴白金，别人会以为你戴的是银饰，你花了很多钱，别人却不知道，这可是个问题啊！"老板的贴心让我忍不住大笑。

◆ 塔塔集团旗下珠宝品牌Tanishq的广告

我有些不解，日常很少看到女性戴这么夸张的首饰啊，为何珠宝店里多半都是这种"大件"呢？一位朋友告诉我，其实这些"大件"多数是为婚礼准备的。妇女在家中地位靠嫁妆决定，而嫁妆很大程度上就是看首饰多少。所以婚礼庆典是妇女展示首饰的最佳时刻，既是在人生的重要时刻珠翠满身，流光溢彩，又是向婆家展示嫁妆丰厚和家族财力，以期未来在婆家有更高地位。传统婚礼通常为期数日，每天新娘佩戴的成套珠宝首饰都不一样。珠宝代代相传，成为独一无二的家族密码。

逛的店多了，渐渐发现，近些年来本土的珠宝品牌不断创新，在时代风尚中对印度传统风格做出了新的诠释，出现了一些既有印度特色、受众又更加国际化的设计，以至于英国《金融时报》2012年曾经写过一篇文章，喊出了"买珠宝，得去印度"的口号。

比如，在广告中自称是"印度最美珠宝"的吉檀迦利（Gitanjali）。吉檀迦利在印地语里意为"献诗"，印度诗人泰戈尔正是凭借诗集《吉檀迦利》获得诺贝尔文学奖。吉檀迦利是印度最大的珠宝集团，在印度十大珠宝品牌中，有八个出自该集团旗下，风格多元，既有简洁隽永，也有繁复瑰丽。再比如来自拉贾斯坦邦斋普尔城的阿姆拉巴莉（Amrapali），具有强烈印度部落珠宝风格，奇光异彩，绚丽多姿，是传统印度款式新珠宝的典型代表。2016年英国凯特王妃访问印度时就曾佩戴与宝蓝色晚礼服颜色一致的阿姆拉巴莉珠宝。

最令我动心的品牌还是尼拉夫·莫迪（Nirav Modi）。此莫迪非印度总理莫迪，而是出生于珠宝世家的年轻富翁。莫迪长于比利时钻石之都安特卫普，其许多作品从热带花卉、莫卧儿王朝装饰图案中汲取灵感，风格优美流畅，兼具民族性和设计感，并寄寓了印度哲学的深沉含义。不过，尼拉夫·莫迪可谓是印度的梵克雅宝，价格非常昂贵，我只能过过眼瘾罢了。

当然，除了黄金镶嵌钻石、红宝石、绿宝石、蓝宝石等珍贵宝石外，对预算有限的顾客来说，镶嵌半宝石的银饰也值得淘宝，常见的半宝石包括托帕石、紫水晶、石榴石、猫眼、坦桑石、月光石等，这些宝石大多来源于本地出产或非洲进口，价格很亲民。除了清亮的925银外，印度人还喜欢使用氧化银，氧化银呈黑色，搭配多彩的宝石，别有一番古朴色彩和异域风情。

在大城市之外，偶尔还可以淘到小众甚至独一无二的纯手工单品。比如拉贾斯坦邦的焦代普尔，在印度独立以前，这座城是一个邦国，当年的王宫现在开辟做了博物馆，在博物馆商店里，有不少仿王室造型的首饰售卖，很值得一看。我还曾在中央邦城市克久拉霍一家银饰小店里，买过一位老大爷做的银质猫头鹰耳环，猫头鹰双翅紧闭，每一片羽毛都勾勒分明，精雕细镂，栩栩如生。老大爷将他的得意之作递到我手里，颇自负地微笑着晃了晃脑袋。

离开印度时，我的一大憾事就是没有舍得买一件尼拉夫·莫迪。不过，回国不久后我就听闻，印度第二大国有银行旁遮普国

◆ 尼拉夫·莫迪以印度哲学中"生命之树"及"莲花"为主题的耳饰

家银行被曝出遭遇了约18亿美元的诈骗案，而该案主角，正是我心心念念、审美品位一流的莫迪先生，曾逛过的莫迪专卖店也已被警方查封，同样涉案的还有他的舅舅梅于尔·乔柯西，吉檀迦利的掌门人。

　　这个消息让我半天没回过神来，宛如电影里不可思议的情节，又觉得有一丝黑色幽默：我还想着有朝一日发家致富，重回德里买莫迪的钻石呢，这下可好，还没来得及上钩，老板已经跑路了！

　　人世多么诡谲多变，流光溢彩的珠宝艺术家背地里就是侵吞国家财富的诈骗犯。珠宝，宛如天上偶然坠入凡间的星辰，以其象征永恒的迷人光辉，诱惑着万千女性的遐思。然而这绝世之美背后，又隐藏着多少不为人知的残酷和阴影呢？

第二辑

搜神记

埃罗拉石窟

岩石在凝固中奔涌:
到岩洞中来
到冰冷的心中来

神拖拽着巨大的阴影
等着风霜慢慢侵蚀他的手
(一种寓意智慧的手势)
他对膜拜的人们保持隐忍的微笑:
越是挣脱,身上的铁链就束得越紧
越是求取,就离深沉的幸福更远

此刻我站在门外,他枯坐在石床上
冥想、念经,或像一阵烟消失
滚烫的尘世最终会
与永不会开口的石头融为一体
我痴迷这样不存在的对话
一切语言都是多余

奄奄一息的狗也知道热季来临
游客稀少,蓝色衬衣的保安站在树下
望着我到来,又离开
也许是我此生最后一次见到他

不会讲英语
不知道耆那教如何区别于佛教
他守着旷世珍宝
一个月领八千卢比的薪水

然而神说,那个蓝色的、瘦削的
愚昧而不善言语的男子
他却是我真正的传道人

神话的镜子

　　毫不夸张地说，阅读神话，是了解印度人精神世界的第一道门槛。

　　正如尼赫鲁在《印度的发现》一书中谈及印度神话时所说，印度人缺乏历史的观念，"他们对于过去的看法都是基于历代相传下来的传说、神话和故事"，这就导致印度人对事实往往会产生模糊的看法，轻信传说，把它当作历史来传布。但神话传说"却是象征式的真实，它告诉我们那一时代中人民的思想、感情和愿望"，因此，只有了解神话和神灵，才能了解印度人的思想情感。

　　这并不是一件容易的事。印度教神话神秘奇谲，瑰丽多彩，尤其当我们走进那纷繁复杂的神魔体系，似乎进入了一个包罗万象的迷宫。这个庞大又混乱的官僚集团似乎毫无章法，一个神在不同的历史时期有不同的地位和职能，在不同的神话时代中有不同的化身和名字，有的故事甚至自相矛盾，让人目不暇给、眼花缭乱。

印度教中，最重要的是三大主神：湿婆，最具威力、最受尊崇的毁灭与再生之神；毗湿奴，保护众生的维护之神；梵天，创造之神。

湿婆是宇宙的最高主宰。在吠陀时代，湿婆的前身是风暴之神楼陀罗，一个受土著居民崇拜的神，在诸神之中，他的地位并不高。他有善恶双重性格，发怒时能以霹雳损害万物，善良时又能治愈万物的伤痛。楼陀罗的做派惊世骇俗，他身穿兽皮，身体涂灰，家住坟场，与野狗为伴，手拿骷髅，到处乞食为生，即便如此，他还是与萨蒂结成一对"美女与野兽"式的佳偶。但萨蒂的父亲觉得这位女婿实在有点儿不上台面，冒犯了楼陀罗，萨蒂便羞愤自焚而死。

雅利安文化和土著崇拜渐渐融合后，湿婆成为婆罗门教的最高神祇。在今天的印度教中，他是毁灭和再生世界之神，既是世界的终点，也是重生的起点，既是阳性，又是阴性，同时还是中性。总之，湿婆象征着宇宙中所有现象的总和，他的形象和能量超越逻辑，是一切不可思议之矛盾的全部内涵。在孟买附近的"象岛石窟"内，有一座巨大的"湿婆三面相"。雕像左侧是女性湿婆的温柔相，右侧是男性湿婆的狂暴相，中间则是中性湿婆的超人相，三相象征着宇宙不同侧面的对立统一，具有深刻的哲学内涵。陀思妥耶夫斯基在《卡拉马佐夫兄弟》中用人的理性质疑神：如果有上帝存在的话，那么他为什么还会允许世间有残酷发生呢？如果上帝不能制止，就说明他不是万能的；如果上帝能制止却没有制止，他便不是至善的。陀式到最后也没有揭开那个庞大而黑暗的谜底，然而在湿婆的形象中，这个问题被消解了，湿婆的形象颇能表现印度人哲学思想的精妙，他们对宇宙的本质属性有深邃的洞察。

曾经有朋友觉得奇怪，这个威力无穷、统摄万物的大神的名字为什么要翻译为"婆"呢？在汉语中，"婆"总含有鄙夷的色彩，三姑六婆、婆婆妈妈，"婆"意味着衰老、浑浊，就是贾宝玉痛恨的鱼眼睛，怎么也不和大神的气质相配啊！为此我曾咨询过研究古代汉语和比较语言学的专家，得到的答案是：古无轻唇音，所以轻唇音的v被发成了重唇音的b，所以用湿婆对译Shi-va。我认为古人选择"婆"字，还希望用这个女性的字眼来强调湿婆复杂的属性，提醒世人他不仅仅是一位伟岸的阳刚之神。

萨蒂死后，湿婆万念俱灰，于是回到盖拉什神山（即西藏冈仁波齐峰）上苦修。萨蒂则转世为雪山女神帕尔瓦蒂。帕尔瓦蒂自出生起便深爱湿婆，但纵使相逢应不识，湿婆依然执意苦行。帕尔瓦蒂比她的前世萨蒂刚毅多了，决心要从业务能力上超越湿婆，于是自己也跑到神山中进行最严厉的苦行。最后精诚所至，当她修炼到最高阶段时，湿婆感动了，二人终于再次结为夫妻。帕尔瓦蒂代表了女神温柔仁慈的一面，她还有多个化身，常见的包括杀死牛魔王的杜尔迦，以及代表嗜血、恐怖、毁灭性一面的迦梨女神，她象征着女性力量中蕴含的破坏和毁灭之力，发起怒来连湿婆也无可奈何。有一次，迦梨消灭恶魔后陷入狂喜，无法自制，不由自主地踩踏大地，令众生惶恐。湿婆为减轻众生的苦痛，于是便躺在迦梨脚下任其践踏。

　　萨蒂的故事足见古代印度妇女地位之低下，她们不幸成为父权和夫权制度双重压迫下的牺牲品。萨蒂自焚也成为印度"寡妇殉夫"陋习的神话源头。女性地位历来是印度饱受诟病的问题，时至今日，印度仍是世界上女性生存环境最艰难的地区之一。但有一位研究印度文化的朋友向我坦言，他认为，从神话学来看，印度教神话中的女神是那样充满生命的热量和破坏力，至高无上的湿婆神，也会为了深爱的妻子苦行，更在妻子失去理智时匍匐在妻子的脚下承受她的踩踏，说印度文化"歧视女性"是片面的。进而他遭遇到一个难题：为何在妇女地位极其低下的社会里，女神却具有摧毁一切的狂暴力量？自相矛盾的现象进而牵扯出深邃难解的哲学问题。末了，他回味无穷地说，研究印度文化，似乎真理不是越辩越明，而是越讨论越诡异，越研究越是一笔糊涂账，但这也正是印度文化的魅力所在。

　　相比湿婆的深邃奥妙，毗湿奴的形象就亲和得多，他心怀仁慈，维护着世间万物的生命和福祉，每当世间有难，他便下凡到尘世，除恶扬善，拯救人类。人类的苦难实在是太多了，所以毗湿奴的化身也纷繁复杂，其中最重要的有十个：鱼、乌龟、野猪、人狮、侏儒、持斧罗摩、罗摩、黑天（克里希纳）、佛陀和白马。

　　鱼化身是印度版"诺亚方舟"的故事。人类的始祖摩奴救了一条小鱼，在洪水淹没世界之前，一条大鱼告诫摩奴，造一条大船，把各种动物雌雄各一以及植物的种子带到船上。洪水之中，这条大鱼在船头拉船，将万物带到了重新繁衍之地。

在印度两大史诗《罗摩衍那》和《摩诃婆罗多》中，毗湿奴的化身都承担了至关重要的角色。《罗摩衍那》中，毗湿奴化身为男主角罗摩，在猴神哈奴曼的帮助下打败魔王，救回妻子悉多。胡适等学者认为，这只神通广大的猴神哈奴曼就是孙悟空的原型。而《摩诃婆罗多》中，毗湿奴化身般度国王子阿周那的御者黑天，在俱卢之野大战前，他劝说阿周那不要怯战，与他进行了一番精微深邃的哲学对话，这是《摩诃婆罗多》最精华的部分，即《薄伽梵歌》。黑天被视作毗湿奴唯一完全的化身。尽管黑天成人后的故事非常精彩，但他最活泼泼地存在于人心中的还是作为儿童和少年的形象。

黑天本是国王妹妹之子，但为了躲避国王迫害，生下来便被寄养在牧民家中。牧童黑天头戴孔雀翎毛做的王冠，穿着黄色裤衩，手拿短笛，非常可爱。15世纪末的诗人苏尔达斯在《苏尔诗海》中生动描绘了儿童黑天的可爱形象，即使只看几首诗的题目——《黑天到森林去放牛》《黑天向妈妈控告哥哥欺负他》《黑天不承认偷吃过别人家的奶油》，也会令人忍俊不禁。《苏尔诗海》中文版由北京大学的姜景奎教授牵头完成翻译，2016年，该书首发式在印度新德里辨喜基金会总部举行。发布会上，印度人民党议员塔伦·维杰动情地朗诵起《苏尔诗海》中母亲为小黑

天唱摇篮曲的诗句，他说道："任何时候，一个印度人只要听到
这句诗，就会重新感受到母亲的温馨和永世难忘的爱。"

黑天长成了一个翩翩少年，他心性善良，竭力保护牧民，为
牧区消灾除难，同时，他又带着令人难以捉摸的巨大魅力。他的
笛声悠扬，连动物也会凝神倾听，似乎是希腊神话中的奥尔弗斯
来到了印度；他喜欢和众位牧女嬉戏，乘她们洗澡的时候抱走她
们的衣服，是众多牧女的情人，似乎又带着花花公子的味道。

在众多牧女中，他最钟爱的是美丽的拉塔。费解的是，拉塔
居然是一个已婚妇女，事实上，牧区中一万六千名爱恋黑天的已
婚妇女只要听到黑天吹笛，就会抛开丈夫和孩子，急于从家中出
来同黑天跳舞。神话学的解释说，这象征着人对神最炽热虔诚、
最毫无保留的依恋。拉塔既对黑天深深爱恋，又忍受着爱情的嫉
妒和痛苦。她历来是文艺家们最钟爱的形象之一，如十二世纪梵
语文学最有名的诗人胜天的《牧童歌》，即是描写黑天与拉塔的
爱情故事；十六世纪的印地语女诗人米拉巴伊不断书写关于拉塔
的抒情诗，寄托自己内心的孤独和感情；2016 年 11 月，印度近
代著名画家拉贾·拉维·瓦尔马（Raja Ravi Varma）的油画
《月光下的拉塔》在孟买以 2.3 亿卢比的价格成交，创下迄今为
止印度单件艺术品拍卖价格之最。画面上，月色与湖光融为一
体，拉塔独坐月下，隐隐有些孤单，但她脸如玉盘，皎洁的面容
透露着宁静、渴慕、等待情人的绵绵期盼和喜悦，拉塔之美是原
初、质朴的人性之美，如同印度古老传统的绵远幽深。

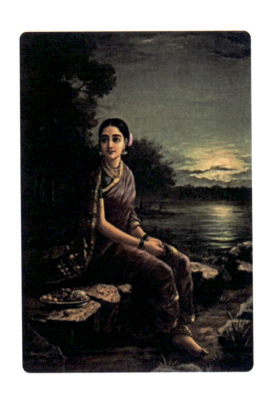

◆ 月光下的拉塔

至于为何印度教徒将佛陀吸收为毗湿奴的化身，学者普遍认为这是随着佛教在印度没落，正统的印度教吸收佛教元素的结果。从印度教的历史形成来解释，从吠陀典籍、婆罗门教到印度教，印度教神话是伴随雅利安人征服印度次大陆、社会逐步分化、雅利安人和原住民的信仰碰撞融合的历史过程而形成的，后来又不断加入新的融合物，神话人物的斑斓样貌正是这一复杂进程的结果，这也是"不可思议"之印度的一个生动例证。

第三位大神梵天的地位不可与前两位相提并论。在印度，供奉湿婆或毗湿奴的神庙十分常见，但供奉梵天的却很少见。梵天的形象也比较单薄，他爱犯错误，显得冒冒失失。传说梵天与毗湿奴争执，都认为自己是最伟大的神，这时一个巨大无边的林迦出现在他们面前。他们试图找出林迦的终点，梵天变成鹅飞向上空，毗湿奴变成野猪挖掘埋住林迦的土地，然而他们都失败了，于是不得不承认，湿婆才是最伟大的神。梵天赐予阿修罗之王金装（Hiranyakashipu）神力，使得金装为非作歹，最后被毗湿奴杀死。甚至有神话说梵天乱伦，他的妻子辩才天女其实是他的女儿。印度教中的诸神有种种贪嗔痴的性格弱点，梵天是一个典型的代表。

梁漱溟曾言："在印度，最使人诧异者为其宗教之偏畸发达，什么都笼罩在宗教之下。"历代相传下来的传说、神话和故事构成了印度的历史，赋予印度文艺作品一个强有力的文化背景，文学、音乐、建筑、美术、戏剧、电影……它们像一棵大树的分枝，而这棵树遒劲的根须则扎根在宗教的沃土之中。正是在宗教棱镜的折射下，印度社会才显现出独具魅力的幽深、瑰丽和不可思议。

萌行天下象头神

据说，印度教里一共有三亿三千万个神，但其中有一位却面容清奇、画风迥异，绝无可能同其他俗气之辈混淆，他肥硕的肚子、粗胖的小腿以及最具辨识度的圆润鼻子，无一不在说："我可是个人畜无害、童叟无欺、老少皆喜的胖子呀！"他就是印度教第一萌物、人身象头的象头神迦内什（Ganesha），湿婆神和雪山女神帕尔瓦蒂的儿子，战神室建陀的兄弟。

在湿婆全家福里，湿婆的形象最为魁梧，他的右侧身后是坐骑南迪——一头背部有肉瘤的白色公牛，身旁竖立着他的法器三叉戟和鼓。湿婆旁边是他的妻子、雪山女神帕尔瓦蒂，身后是帕尔瓦蒂的坐骑狮子。湿婆脚下的英俊少年是战神室建陀，他拿着法器长矛，脚下是坐骑孔雀——画面到这里，每位神的法器和坐骑都十分正常——接下来是我们的男主角，小胖子迦内什登场了，他的一个重要法器就是脚下那只装满糖球的甜品碗，坐骑则是一只比他巴掌还小的灰老鼠——这是以一种怎样的精神在卖萌呀！

◆ 湿婆全家福

关于象头神如何诞生有好些传说，其中流传较广的故事是：雪山女神有一次在喜马拉雅山洗澡，让公牛南迪看门，不许任何人进来。南迪忠心耿耿，但不久湿婆回家想进门，南迪首先还是忠于湿婆的，就把湿婆放了进去。雪山女神生气了：哼，你有忠仆，我也要有忠仆！我的忠仆要比你的还厉害！

湿婆再次离家，雪山女神生下了迦内什，他出生时便长得高大英俊。雪山女神又开始洗澡，并叫迦内什在外头守着。不久湿婆又回家了，见到一个帅小伙站在门口，误以为这是老婆的情人，心里十分郁闷，让他走开，迦内什却坚守母亲的嘱托，不肯让路。湿婆哪肯受这等屈辱，和迦内什打了起来，还没打过，太没面子了，湿婆于是暴怒，运起神通，一刀砍下迦内什的头。这时雪山女神出门来看，只见丈夫砍下亲生儿子的头，气得不行，要毁灭整个宇宙。

神伟如湿婆，此刻面对发飙的老婆也只剩强烈的求生欲，他不得不跑去跟创造之神梵天（亦有说是维护之神毗湿奴）商量如何是好。梵天让他去森林，看到第一个生物，将其头砍下安在儿子身上，就可以使迦内什复活。结果湿婆遇上的第一个生物是大象，迦内什就变成了象头人身。

另一个传说是：帕尔瓦蒂生下迦内什后，诸神前来庆贺，竞相观瞻，唯有土星神莎尼低首垂目，因为他目光看到谁，谁就会死掉。但迦内什生得异常英俊，帕尔瓦蒂忍不住心中喜悦，非要莎尼看一眼。呜呼，可怜的孩子就这样身首异处。接下来的故事

◆ 中央邦克久拉霍神庙中的迦内什

便和第一个传说相似了。

一些神话研究者从故事中解读出有趣的精神分析：儿子俊美的外表让母亲对儿子产生过度欣赏和溺爱，使得儿子在性别上成为父亲的竞争者，让父亲产生嫉妒心理，砍下儿子的头就是这一心理的极端化显现。

无论如何，迦内什复活了，皆大欢喜，湿婆也不用跪搓衣板了。众神纷纷前来祝贺赐福。拜神所赐，迦内什获得许多特权和殊荣，如祭祀中人们要首先拜他，他拥有了清除各种障碍的能力，并渐渐成为保佑商人的财富之神。此外，湿婆周围有一群扈从小神，像精灵啊、侏儒啊之类的，他们身材矮小，成天吵吵嚷嚷。从现代观念戏看，他们是大神的"身边人"，由于经常有接近大神的机会，外人则必然高看一眼，这个团队也不太好管理。湿婆一怒之下砍了儿子的头，虽然儿子活过来了，但心里还是有点儿过意不去，估摸着为示补偿，就给儿子安排了一个管理层的工作，让他做自己身边小神团队的领班。因此，"迦内什"字面意思是"群从之主"，简称群主。

除了上述神力，迦内什还掌管智慧。传说印度伟大史诗《摩诃婆罗多》的口述作者为广博仙人，他选择了迦内什承担抄录的重任，因为史诗千头万绪、纷繁复杂，只有迦内什才有把它记录下来的智慧。抄着抄着笔断了，迦内什就把自己的象牙折下来当笔使用。所以在许多造像中，迦内什右边的象牙完好，而左边的象牙却是折断的。

　　《罗摩衍那》《摩诃婆罗多》是印度最重要的文化典籍，作者据传分别为蚁垤仙人和广博仙人，具体姓名、年代则不可考。诚然，两部史书必然是集体创作、世代流传的结晶，但将作者归为神仙，则反映了印度文化的价值趋向：将一切荣耀，尤其是文字和智慧归于神明。似乎尘世中浮光掠影、昙花一现的人生担不起这样的智慧，永恒的智慧只能与永恒的神灵相得益彰。

　　迦内什不仅是一把速记写作的好手，脑筋急转弯也玩儿得很溜。有一天，湿婆和雪山女神让两个儿子周游世界，谁先完成任务就为谁娶妻（一说是获得知识之果）。室建陀是个实在孩子，听罢就一溜烟儿跑出家门，时不我待，只争朝夕，立马环游世界去了。但机智的迦内什却请父母坐上宝座，礼拜他们，又绕着他们转了七圈，湿婆和雪山女神不解其意，问他为何要这样做，迦内什说："父母就是整个世界，我围着父母转就是环游世界呀！"等到室建陀气喘吁吁地回家，迦内什已经左拥右抱，娶上了"智慧"与"财富"两位娇妻。

　　智慧和财富正是迦内什掌管的两项业务领域。可见无论在物质还是精神领域，印度人都对迦内什十分信赖。一些学者阐释道：迦内什同时掌管这两项蕴含了深刻的哲学寓意——财富需要智慧来制衡。如果一个人获得了巨额财富，却没有济贫扶弱的智慧，那么很快就会破产，因此在获得财富的同时也需要使用财富的智慧。

　　总之，迦内什可爱呆萌的形象俘获了男女老少的心，可谓人见人爱，花见花开。在孟买所在的马哈拉施特拉邦，每年印历第六个月的第四天起（对应公历时间约在八九月份），人们都会举办盛大的象头神节。信众在这天沐浴净身、换上新衣，礼拜象头神，并将神像请回家中放置在神龛上，饰以檀香膏、花环等，并在神像前唱诵吠陀经、念诵迦内什的108个名字。供奉十天后，信众将神像送入河湖海中，象征着迦内什回到盖拉什神山，回到父亲母亲身边。

迦内什不仅在印度人气旺盛，还走出国门，漂洋过海，受到许多不同国家、不同文化的人们的喜爱，真正实现了"环游世界"。

由于迦内什是财富之神，所以他格外受到商人的喜爱和崇拜。和印度有历史商业往来的印度尼西亚、泰国、老挝、越南、缅甸等东南亚国家中，均有象头神崇拜的风俗痕迹。如在泰国，迦内什被称作"象头神财天"（Phra Phikanet）。

在藏传佛教中有一位红象头财神（Maharakta），或称为红象鼻天，与迦内什亦颇有渊源。

迦内什憨厚可爱的形象还激发了一些西方艺术家的灵感。在法国女雕塑师、画家和电影导演妮基·桑法勒笔下，迦内什的右脚略微抬起，舞步显得有一点儿稚拙，脸上带着天真而略带慵懒的神情，五彩斑斓的服饰象征着生命的多姿多彩，却遮不住他滚圆的肚子。画家用丰富诙谐的笔法，表达出迦内什的自由与欢乐。他与站在这幅画面前的观众形成活泼的凝视：生命的本质是

◆ 受信众礼拜的象头神（上图）

◆ 15世纪唐卡中的红象头财神（下图）

欢乐的，人类终将获得儿童式的纯真与活力。

另一位法国画家奥拉夫·梵克则赋予迦内什更多浪漫色彩。奥拉夫的画作如蓬仙境，蓓蕾绽放，花团锦簇，五颜六色的蝴蝶翩翩飞舞，在迦内什身边流连萦绕，将印度文化中的瑰丽、喧腾与法式轻柔梦幻融合在一起。奥拉夫是创立奢侈珠宝品牌梵克雅宝的梵克家族的后裔，大约血液中天然流淌着对珠宝的热爱，在迦内什的冠饰和法器上，还镶嵌了璀璨的珠宝作为装饰。

《说文解字》曰："萌，草芽也。"萌的最初意思就是种子发芽、始见嫩叶。自然的新生事物让人喜爱，不仅因为初生之物惹人怜惜，更因为它少受世俗沾染，具有纯真的生命情态，人们在与纯真之物的对视中，会获得忘却烦忧、荡涤尘埃的审美愉悦。印度教中有许多高深莫测的大神，但迦内什却另辟蹊径，凭借呆萌脱颖而出，为不同文化的人们带来慰藉和欢乐，他用自己的行动证明：胖子是很有前途的！而每一个饱经世故之人心中，都会住着一个天真的儿童。

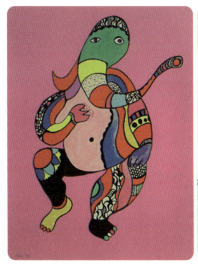

◆ 妮基·桑法勒笔下憨厚可爱的迦内什（左图）

◆ 奥拉夫·梵克则赋予迦内什更多浪漫色彩（右图）

人神共舞度佳节

　　印度人最盛大的节日，非排灯节（Diwali）莫属。在夏季丰收之后，天气转凉，空气之中渐渐有了寒意，热气腾腾的大地似乎一夜之间丧失了能量，日复一日走向寒冷和凋零。排灯节通常在每年公历10月到11月之间，一共庆祝五天，其中第三天最为重要，在印历中，这一天新月会来临，是一年中最黑暗的日子。

　　这是印度教、耆那教、锡克教、佛教共同的节日，对印度人的重要性相当于中国人过春节。在节日期间，寺庙、商店、家家户户都会张灯结彩，使用一种特殊的灯盏，它在印地语中叫作蒂亚（Diya）。陶匠将黏土与水混合，经过塑形、刻镂、风干后再浇上红土泥浆制成，因此，通常蒂亚都呈暗红色。灯盏中放入油脂和灯芯，火苗亮起后，火光与暗红的灯盏交相辉映，寓意吉祥幸福。

　　此外，人们还要换上新衣、互相赠送甜食、打扫房间，并在家门口画"蓝古丽"（rangoli）。蓝古丽的原料通常是米面磨成的细粉，有的会加上朱砂、姜黄等增加色彩，女孩们用这些粉末绘出花纹、动物或其他吉祥如意的形状，再以彩色颜料和粉末填充，有的还会以天然花瓣装饰，最后形成五彩缤纷的艺术图形。

传说中，罗摩战胜魔王、流亡14年后重新回到圣城阿约提亚（Ayodhya），人们便点亮灯盏欢迎英雄归来，灯火象征着光明战胜黑暗、善良征服邪恶、智慧取代无知。节日期间，信徒向吉祥天女（Lakshimi）和象头神迦内什献上祈祷和祝福，吉祥天女象征着财富和繁荣，农民向她祈求来年丰收，商人则会在排灯节期间结束今年的账目，以期获得她的保佑。迦内什则是扫除障碍之神，人们相信向他敬拜可以使来年顺利如意。

那么问题来了，既然排灯节是为了庆祝罗摩胜利归来，那为何排灯节不拜罗摩，而要拜吉祥天女和迦内什呢？我向一些学者请教，得到的解释有两种。

印度教往世书记载，很久以前，天神们住在须弥山，虽然过着幸福的生活，但也难逃生老病死之苦。于是，天帝因陀罗（这是吠陀时代的神）便与阿修罗商议搅拌乳海，以获得永生甘露。阿修罗以蛇王为绳子，以毗湿奴化身的龟王为支点，以曼陀罗山为棒搅拌乳海，经过几百年的时间，海水渐渐由湛蓝变成乳白，最终成为一片油脂。这时，吉祥天女从乳海中诞生，并在排灯节这天与毗湿奴成婚。

第二种解释说，毗湿奴在千百亿世代中有许多化身，其中一个便是罗摩，因此，纪念罗摩便等同于向毗湿奴献礼。然而，毗湿奴躺在位于意识之海的千头巨蛇"舍沙"（Shesha）身上长

眠，闭目塞听，无法听见信众的祈祷，所以由坐在身旁的妻子吉
祥天女代为聆听，并赐予信众财富和好运。

　　印度三大主神的妻子和她们的化身中，吉祥天女是最有世俗
情味、最接近中国文化神佛想象的一位。她美丽富足，温柔亲
切，带给人们物质财富和世俗成功；而迦内什则是一位圆润幽默
的萌神，也总是为人们排忧解难。相较于印度教中其他个性深
沉、复杂多变的神祇，他们的形象积极而单纯，易于为大众所接
受和理解，难怪要被人们普遍追捧。而一些严肃的学者也从中解
读出深刻的隐喻：排灯节拜吉祥天女而不拜毗湿奴，正好映射了
当下世人的精神危机，即在末法时代，人类的自我觉醒意识已十
分微弱，人们不再对毗湿奴所象征的真实存在感兴趣，不求获得
真知以在生死轮回中获得彻底解脱，而只追求短暂的财富和成
功。另外，吉祥天女的姐姐是掌管不幸的厄运女神（Alaksh-
mi），隐喻好运和坏运总是相伴相生。

　　在印度东部如西孟加拉邦，排灯节与女神杜尔迦（Durga）
相连，又被称作九夜节（Navaratri），人们会举行连续10天9夜
的庆祝活动，纪念杜尔迦战神牛魔王。

　　牛魔王玛希沙（Mahisha）作恶多端，诸神束手无策，只得
向湿婆和毗湿奴求助。众神同仇敌忾，从他们的眼睛里喷出火
来，火中走出了女神杜尔迦。她的坐骑是一头威武的狮子，她的
十只手拿着向众神借来的武器，包括湿婆的三叉戟、毗湿奴的轮
盘、雷神因陀罗的金刚杵、水神伐楼那的套索等等。这套集众神

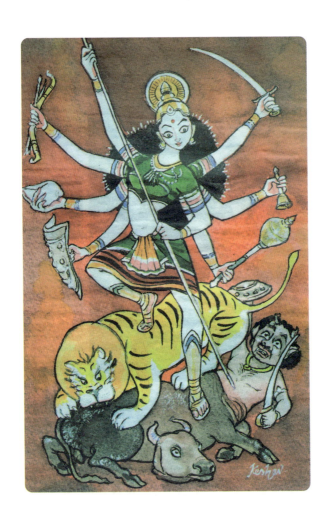

◆ 印度报纸漫画：女神杜尔迦战胜牛魔王

之长的顶尖配置装备加上杜尔迦的神力，最终打败了牛魔王。

　　根据神话谱系，杜尔迦是湿婆之妻、雪山女神帕尔瓦蒂的化身，杜尔迦还可以变成更加嗜血的女神迦梨，所以迦梨也是帕尔瓦蒂的化身。帕尔瓦蒂的不同化身显示出古印度人对女性力量的深刻认知：既有温柔敦厚的一面，又有狂暴乃至毁灭性的一面。有趣的是，德国浪漫主义音乐大师瓦格纳也认为，女性身上同时存在救赎和毁灭两种矛盾的特性，正是这种矛盾使得他作品中的女性形象复杂而饱满。

　　除了杜尔迦以外，人们还在九夜节期间供奉毗湿奴的妻子吉祥天女和梵天的妻子辩才天女。可以说，九夜节是崇拜女神力量的节日，这也与时令相符，盛夏落幕，秋气渐生，寒凉为阴，故女神的力量开始支配世界。节日的最后一天是女神入水日（Immersion），人们会把杜尔迦神像放入恒河或其支流，以便让女神回家，这与马哈拉施特拉邦的象头神节相似。

　　在英国人到来之前，西孟邦地区曾是印度最富庶的地区之一，孟加拉谚语有"十二个月里十三个节日"（Baro Mase Tero Parban）的说法。我曾在加尔各答度过一次九夜节。这个衰落的城市已不复当日荣光，然而街头巷尾依然充满过节的欢乐气氛，人们唱歌跳舞，彻夜狂欢，加尔各答艺术学院的学生还在大街上用颜料创作蓝古丽。历史上物质和文化的繁荣富庶至今还在节日的欢声笑语里回响缭绕。

　　不过，过节有时候也意味着"噩梦"的来临。尤其对德里而言，排灯节正当天气转寒之时，每当夜幕临近，气温下降，流浪者和贫民窟内的居民就开始生火取暖，燃烧材料包括树叶、轮胎、木材……这些粗放的可燃物会产生大量烟雾，加上气温偏低，污染物不易扩散，凉季的到来就意味着雾霾季，空气里都是焦味。在这种情况下，排灯节的烟花爆竹再来一把火上浇油，整个德里就会变成云环雾绕的寂静岭，严重时PM2.5超过1000，能见度低于10米。记得有一次，刚过完排灯节，我需要出门办事，雾太大了，自己不敢开车，便找来当地司机。谁知，窗外浓雾重重，走到半路司机也找不到方向了，他掏出手机，准备用谷歌地图导航，谁知，谷歌也失灵了……我们只好靠边停车，等待大雾消散或谷歌显灵，哭笑不得，如梦似幻。

另一个重要节日是洒红节（Holi）。这是印历的最后一个满月之夜，通常是公历2月底到3月中旬。此时冬去春来，大地回暖，太阳的光线重新变得明亮，充满能量，人们便用这个色彩缤纷的节日表达内心的喜悦与爱。

根据《薄伽梵往世书》记载，阿修罗之王金装因苦修得到梵天的庇佑，拥有了神力：他既不能被人也不能被动物杀死，既不能在门外也不能在门内被杀死，既不能在白天也不能在夜晚被杀死，既不能被抛掷而出的武器也不能被手握的武器杀死。此后，金装日益骄纵，不将毗湿奴放在眼里，强迫臣民信奉他为神。但王子愉悦（Prahlada）是毗湿奴的忠实信徒，依然对毗湿奴保持虔诚，遂成为金装的眼中钉。

◆ 遇上雾霾天，本地司机也已蒙圈

金装想方设法置愉悦于死地，愉悦却毫发无伤。最后，国王的妹妹、女妖胡里卡（Holika）引诱王子与自己同坐在火烧的柴堆上，企图烧死王子，因为胡里卡有一件具有魔力的斗篷，可以防止火烧。火焰蔓延开来，斗篷却从胡里卡飞向了愉悦。当愉悦从火堆中安然无恙走出的时候，臣民将彩粉洒向他，祝贺正义战胜了邪恶。然后，毗湿奴化身为半狮半人（非人非兽）的形象，在黄昏时分（非白天非黑夜）将金装拎到门阶上（非门外非门内），用利爪（非抛掷武器也非手握武器）杀死了他。

在洒红节前一天晚上，人们会在篝火中烧毁用草和纸扎成的胡里卡像，并围着篝火唱歌跳舞。第二天，人们向彼此的身上泼洒五颜六色的颜料和粉末，传统上这些粉末都是从植物中采集提取的，有时还会互相泼水，无论男女长幼、贫富老少，不分种姓阶级高低、贫富贵贱，无论是否认识，都聚在一起尽情挥洒狂欢，一边播放音乐一边翩翩起舞。

洒红节将印度文化中快乐、明媚的一面展现得淋漓尽致，大地原谅了长夜，太阳原谅了寒冷，人也应该在狂欢、馈赠礼物、访亲问友中获得新的生活能量。恩怨、争吵乃至债务，都可以在这天一笔勾销，因此，洒红节也被称为"爱的节日"，在欢乐之外，它还象征着宽恕与友爱。泰戈尔的诗句正是对此的真实写照：

啊，春天！很久很久以前，你打开天国的南门，降临混沌初开的大地。人们冲出房屋，欢笑着，舞蹈着，喜极欲狂，互相抛掷着花粉。①

在北印一些地区，平日里忍气吞声的女人们还可以在洒红节这天光明正大地向男人挥舞大棒，以发泄心中的抑郁，男人则可以用盾牌抵挡。这一幕在电影《厕所英雄》中有生动的呈现，男主角总是想以权宜之计让妻子对传统妥协，恨铁不成钢的妻子心中爱恨交加，就在洒红节这天胖揍了丈夫一顿。

第一次过洒红节的时候，同事早就告诫我印度人的疯狂，于是我一大早出了门，期待在我认识的那几个印度花匠到达之前溜出去。没想到他们早就埋伏在路上，等我一现身，"哇"的一声大笑着从路边跳出来。我拔腿就跑，被他们追上了，我连忙摆手："啊！朋友，朋友，我穿着新衣服呢！"其中有个姑娘心地善良，听罢就往我脸上抹了三道彩色的杠意思一下。

等我走远了，他们在路上互相挥洒起来。我忽然有些后悔。我们中国人总是对过度的欢乐有种畏惧感，要么对欢乐带来的麻烦避之不及，衣服弄脏都可以成为拒绝的理由；要么唯恐乐极生悲，总要思虑周全、瞻前顾后，这样的小心翼翼实在是太累了。但印人却葆有孩童式的欢乐之道，一种不管天不管地、尽情拥抱生命愉悦的纯粹，那一刻我很羡慕他们。

---

① 选自泰戈尔《爱者之贻》第12首，石真译。

◆ 洒红节上各种颜色的彩粉

石头中的神性

对世俗生活的种种，印度人似乎是出了名的不甚在意。譬如参加公共活动，邀请函上明明写着7点开始，7点半还没见到主持人的影儿。我在超市挑选一口小炖锅，个个都有瑕疵，好不容易找出一个看上去美貌无瑕的，拿回家才发现锅盖合不拢。诸如此类，不一而足，差不多得了，习惯成自然，想想也挺好，比起事无巨细、分秒必争，这种随意性十足的生活至少不会让人有压迫的紧张感。

但在一件事上，印度人可谓是一丝不苟、精益求精，那就是宗教石刻造像艺术。我以为印度人在其中倾注了完全的工匠精神和吞吐万物的艺术雄心，观看这些雕塑不仅是审美的历程，更能在震撼中感受到灵魂的洗礼。

埃罗拉石窟（Ellora Caves）位于印度西部马哈拉施特拉邦奥朗加巴德西北约30公里处，在绵延2000多米的新月形陡峭岩壁上，有公元7世纪至11世纪时期佛教、印度教、耆那教100余座石窟，其中34座对外开放。其时印度文化昌盛，佛教、印度教、耆那教三教并立，各自发展繁荣，埃罗拉石窟一山容三教，正是这一包容并蓄的伟大时代的艺术见证。

《西游记》唐僧的原型、一代大德玄奘法师赴西天取经时，印度正值戒日王朝，玄奘广泛游历天竺诸国，拜访了埃罗拉石窟，大为惊叹。《大唐西域记·卷十一·阿折罗伽蓝及石窟》对此有详细记载。

"国东境有大山，叠岭连嶂，重峦绝巘。爰有伽蓝，基于幽谷，高堂邃宇，疏崖枕峰，重阁层台，背岩面壑"。埃罗拉石窟埋藏于重峦叠嶂之中，匠人们以雄奇浑厚的高山为基石，在大自然的原始胚胎上凿刻出神的家园和形象。也恰恰因为深处深山与密林之间，千百年来，石窟得以免遭战火兵燹，直到19世纪才重见天日，震惊世人。

石窟内佛像规模宏大，"伽蓝大精舍高百余尺，中有石佛像，高七十余尺，上有石盖七重，虚悬无缀，盖间相去各三尺余"。雕塑详细展示了佛本生故事和佛传故事，"精舍四周雕镂石壁，作如来在昔修菩萨行诸因地事。证圣果之祯祥，入寂灭之灵运，巨细无遗，备尽镌镂"，其中"入寂灭之灵运"便是指佛祖涅槃时的卧相，佛祖头枕长垫，表情安谧，体态祥和，嘴角一抹似有似无的微笑，即使灵光一瞥，也会带给人心无限的安慰。

玄奘还颇有意趣地注意到，"伽蓝门外南北左右，各一石象。闻之土俗曰：此象时大声吼，地为震动"。

最著名的当属第16号印度教凯拉萨神庙（Kailasanatha），

得名于印度教中的神山Kailash，即西藏冈仁波齐峰，传说湿婆就在神山中苦行，神山是世界的中心。这座神庙最奇特之处在于其宏大的规模，不是穿凿山洞而成，而是将一整座山开凿为寺庙群，神庙上精细刻镂着印度教诸神的传说故事，装饰豪华繁复，具有巴洛克的富丽风格，完全复原了印度教徒对神话的绚烂想象。

在石窟中漫步，我禁不住凝神屏息，似乎每一座雕塑都散发出令人战栗的强光。难以想象，一个人要有怎样的信仰和勇气，才能筚路蓝缕、持斧凿山，年复一年就着昏黄的灯火，将双手、眼睛、肺腑完全奉献给神的形象。创造这段历史的主角湮没无闻，所有的匠人无一留存姓名，也许这样最能符合宗教中的完全奉献精神，只要能将身心全部献给神，身后的名声并不重要。

建筑是凝固的音乐，在埃罗拉，我的耳畔不断回响着贝多芬的《欢乐颂》：赞美神灵！赞美生命！狂喜！永恒的欢乐与颂歌！

笈多王朝以降，印度原始生殖崇拜开始与主流宗教融合，同时影响了印度教和佛教，发展为印度教性力派和佛教密宗，这些神秘思想主张，男女两性结合象征宇宙中男性力和女性力的合一，以此修行能获得极乐和终极解脱。宗教思想与艳情艺术融合发展的顶峰则是克久拉霍雕塑群。

克久拉霍位于印度中央邦，是昌德拉王朝（Chandela）首府，现存的20余座雕塑群约建于10—11世纪。这些雕塑刻画了男女诸神、天女、爱侣、贵妇、士兵、农人的群像，其中不少是

◆ 鬼斧神工的石头神山凯拉萨神庙

男女交欢的场面。"性爱神庙"当然是克久拉霍最著名的金字招牌，不过，克久拉霍的艺术性内涵要比这个噱头丰厚得多。

神庙为竹笋塔形结构，以砂石为原料，砂石微微金黄，犹如人体皮肤般泛着贵重的光泽，以之塑造的人物雕像圆润饱满，男人孔武有力，女人优美精致，身体高度扭曲，呈现出各种诱惑姿态，表现了丰盈流动的女性魅力，形成天地间生命力汇合流动的交响曲。在一些男女交欢场面中，旁边的女伴甚至大象扭过头去，害羞地以手掩面，充满世俗的幽默感。克久拉霍的艺术家并不认为性爱是一种禁忌，男女在肉体和精神上的纯粹结合是人类进化的过程，像耕种劳作、刮风下雨一样自然。除此以外，克久拉霍神庙中还有表现农事、战争等场面，可谓是时代生活的全景图，只不过在"性爱神庙"的盛名之下，这些被外界匆匆忽略了。

克久拉霍雕塑与宗教的隐喻关系是不言而喻的，然而漫步其间，依然令人瞠目结舌。印度宗教思想中有极端禁欲苦行的一面，如物理上力的相互作用，从同一片思想土壤里又衍生出极端的纵欲享乐，这也再次印证了印度思想艺术的矛盾、瑰丽和深邃，一个词和它的反义词都可以"很印度"。

千柱寺（Ranakpur Temple）位于乌代普尔与焦代普尔之间的一个小村庄，是一座建于15世纪的耆那教寺庙。

大约与乔达摩·悉达多同一时代，还有一名思想家筏驮摩那（Vardhamana），他创立了耆那教。耆那教徒尊称其为伟大的英雄，简称大雄，大雄是耆那教第24位祖师，教徒们相信，在他之前还有23位祖师，因而大雄很可能并非教义学说的最初创始人，而是理论的集大成者。大雄与佛陀有很多相似之处，他亦出身王族，结婚生子，却抛下富贵生活，云游四方，成为一名苦行僧和修行者。耆那教与佛教一样，都反对婆罗门教，反对种姓制度，反对杀生，认为人的命运受到业报轮回的支配，人生的终极目的在于追求解脱。但耆那教的教义比佛教更加极端一些，如崇尚非暴力、不杀生，走路也会拿着掸子驱赶路上的小虫，便连植物的生命也不能伤害，推崇极端的苦行等。

公元1世纪左右，耆那教分裂为白衣派和天衣派，并衍生出更细微的派别。大体而言，白衣派主要活动在北部的拉贾斯坦邦、古吉拉特邦等地，更加世俗化一些，主张信徒穿白衣，允许信徒拥有财产；天衣派更加保守，严格遵循苦行制度，要求信徒裸体，即"以天为衣"，主要活动在南部的卡纳塔克邦等地。

由于务农、务工、从军等职业无可避免会杀生，耆那教徒多从事商业，千柱寺就是一名耆那教富商在当地土邦王的支持下修建的，祀奉耆那教的开山祖师阿迪纳特（Adinath）。

千柱寺全部由大理石建成。围绕主殿穹顶，一座座竹笋形塔庙依山而建，众星拱月般托举着正中的主殿。"千柱"之名，来源于支撑起该庙的1444根大理石石柱，石柱精雕细镂，从柱础、柱身到柱顶，漫布着层层叠叠的人物、动物、花卉浮雕，且每一根柱子的装饰花纹都是独一无二的，各不相同，令人叹为观止。穹顶之上，同心的浮雕一圈圈向外波动，恢宏繁复，充满辐射感和流动感，尽管是纯色大理石建成，却穷尽绚烂之技，令人心驰目眩。

去拜访千柱寺那天，天气正好，阳光明媚。由于年深日久，大理石的雕刻已经开始泛黄，但依然能辨识出每一道刻镂中的匠心，我抚摸着这些花纹，惊诧得说不出话来，这是超越语言的震撼。在这远离尘嚣的小村庄，在上百年的时光里，它们在凝滞不动的石头里波涛汹涌。金色的阳光洒进来，仿佛为这些古老的艺术品赋予了神性，再次唤醒大理石内心那永恒不变的光亮。

阅读石头，也是阅读一个民族的心迹，让我对印度人的文化精神有了更多体悟。后来，每次听见有人抱怨印度人做事拖沓散漫，我就想，以尘世的尺度来丈量，这话也许是对的，但他们已将最精心的穿凿、最细致的做工、最漫长的坚守敬献给神灵。

◆ 精雕细镂的穹顶

◆ 各不相同的石柱

第三辑

人间世

德里之夜

没有人说话
汽车愤怒轰鸣
政客声嘶力竭兜售他的思想
饱食的神灵告诫你忍耐，要忍耐
你听见空洞的风穿过城市
但没有人说话

每一个新的夜晚来临
更多的精灵栖立在枯树枝头
更多的死亡在夜的眼睛里徘徊

他们默默无言地点燃树叶和轮胎
他们能轻易得到的只有垃圾
预感进入最严酷的季节
太阳难以照看子民
万物呈现出松动和战栗……只有
穿制服的人站在五星级酒店门口
忠实地守护贵贱者的边界

在火苗枯萎之前
一个流浪汉已难抵梦的诱惑
永远滑向了夜的深处
报纸不会为他留一行空隙
（他叫什么名字？）
你讨厌浓烟，抱怨肮脏的空气
但你会看见他的脸，他发黑的脚
他的命运会顺着无处不在的呼吸
最终进入你的肺，和剩下的良心

而我还在喝牛奶，吃面包，写诗

史无前例的废币运动

　　2016 年 11 月的一天，我在德里市中心的可汗市场（Khan Market）一家店看上了一件羊绒针织衫，但有点犹豫，于是告诉店员，打算先回家看看自己的存货，如果确定要买，明天再来。

　　店员似乎知道中国顾客习惯使用现金，他脸上堆笑，彬彬有礼："女士，您如果想要的话，一定要今天晚些时候来，明天我们就不收现金了。"

　　"哦?"

　　"您不知道吗?"店员手舞足蹈，好像遇到了一件非常开心的事，"总理宣布所有的大额卢比作废了，考虑到顾客需要，我们老板特地把作废时间延长了一天!"

　　我的第一反应：今天是印度愚人节吗?

　　这是真的。莫迪前一天晚上发表演讲宣布，为了打击腐败和黑钱，流通中的面值 500 和 1000 卢比的纸币将于当日午夜后停止使用。

　　由于我在印度的工作时间只有两年，德里街头巷尾都有

money changer（货币兑换）的小店，拿外币能以不错的汇率兑换到卢比，加之去银行办卡手续烦琐，所以我早已习惯现金交易，当时手里就有3万多卢比现金。

怎么样把这3万多卢比花出去，并保证生活不受影响，成了最让我焦头烂额的事。

按照新规，旧币可以在银行换成新币，每人每次可以换4000卢比，一周可以换两次。旧币还可以直接存到银行账户上刷卡消费。超过一定数额，存款人就需要说明现金来源，声明钱是自己的。

为了维持生活，星期六我起了个大早，跑去住处附近的花旗银行排队，银行大厅挤得水泄不通，队伍以S形排到了十米开外，得，那还是老老实实排队吧。

排在我前面的是一位穿橘红和碧绿色纱丽的印度大姐，她愁眉苦脸，眼神发呆，完全沉浸在自己的世界中，似乎为自己树立了一道寂静的屏障，周围的喧闹和骚动一旦抵达屏障边缘，就自动消融了。我见她如此专注，不好意思跟她搭话。后来在报纸上读到，印度许多家庭妇女没有固定收入，平时会瞒着丈夫攒一些私房钱，也因此首当其冲成为废币运动的受害者，那位大姐也许就是这种情况吧。

排在身后的是一个清秀的小伙子，背着一个沉甸甸的双肩包，我打趣道："难不成你包里装的都是钱？"小哥羞涩一笑，不置可否。他告诉我，他其实住在南城，但这几天那里的取款机全部"干涸"了，银行柜台也没有新币，他听说这附近外国人比较多，银行新币比较充裕，所以一大早赶过来碰碰运气。

小哥这么一说，更让我心慌起来，原来新币也不是那么容易就能换到的。

排了两个多小时，终于拿到了四张崭新的淡紫色新币。高兴啊，仿佛不是自己的钱换来的，而是银行白给的。新币上依然印着淡淡微笑的甘地，但我从来没觉得甘地这么亲切过。伟大的甘地！

我探着头问柜员，是否可以现在办卡。柜员阁下怒气冲冲地说，人太多了，现在只办理换币业务！

好吧。不过，未来一周至少不用忍饥挨饿了，想到这里我如释重负，兴高采烈地把新币装进钱包，感觉口袋立刻充实起来，甚至变沉了些。刚离开银行不远，忽听见大厅里吵嚷起来，后面排队的人立刻围了过去，都心有不甘的样子，又无奈地渐渐散去。原来，银行今日新币发放完了。

我算了一下，要把手里的钱全都换成新币，我需要排八次队。而我还不算惨的，最倒霉的是一个新来的同事，想到自己初来乍到，难免要添置一些东西，币改前一天，他把2000美元换成了卢比。

第二天一早，我又兴冲冲地跑去银行准备排队，却吃了个闭门羹。银行门口贴着周日休息的告示，我只好悻悻而回。更加令我崩溃的是，第二个周六银行仍然关门。原来银行上班有"大小周末"之分，上次周六上班是赶上了小周末。

　　除了加油站和牛奶站暂时还可以使用大额卢比，所有商店门口都挂上了拒收旧币的告示。我拿着1000卢比跑去牛奶站，侥幸盘算着买一袋牛奶，让店主找些零钱。店主早就被这种小伎俩骚扰多次了，他指着柜台上一个牌子，上面写着：使用大额卢比者请买够额度，本店不找零。我便买了1000卢比的牛奶、酸奶、冰淇淋，抱了一大口袋回家。

　　报纸上每天的头条都是关于废币的新闻。事情比我想象的要严重得多。如果说废币只是给我的生活带来不便的话，那么对普通民众，尤其是对底层民众则是实实在在的伤害。新旧币大小不一，取款机与新币不兼容，无法正常使用，只能依靠人工柜台，使得换币效率更加低下。新币供应量本来就严重不足，在首都外国人聚居区尚且会出现排队也换不到的情况，那么在其他城市以及更遥远边缘的农村地区，要换到新币有多难就可想而知了。很多目不识丁的农民可能一辈子都没有走进过银行，对他们而言，货币电子化的操作难度是难以想象的。我在报纸上读到两个极端案例，一个是北方邦的一位农民，他以为废币的意思就是钱完全作废了，自己辛辛苦苦积攒下来的钱财一夜之间变成废纸，他接受不了，选择了自杀；另一个案例发生在牛奶站也拒收旧币之后，一位父亲的照片印在报纸首页，他黝黑的脸、疲惫的眼神、皲裂的手指旁边印着一段他说的话："我没有钱给孩子们买牛奶和食物，孩子们快饿死了。"

即便生活遭受了重击，在银行排队的民众看上去却都温和平静，甚至有些喜气洋洋，他们相信政客们所说的：废币运动是一项史无前例的正义之举，它让贪官污吏和黑心商人藏在家中的现金全部变成了废纸，真是大快人心啊！

一些媒体有不同的声音，最重要的一点：废币运动是完全违背基本经济规律的。如果一场废币运动就可以把腐败和黑钱这两大世界级难题消除，那各国政府依法炮制不就得了？政客和寡头早就把资产变成外币转移到了国外，有多少人会在家里堆积如山地存放卢比呢？即使有之，这帮人也会暗地雇用穷人替他们去银行排队，将黑钱洗白后给穷人少许提成即可，哪会受什么影响。

事实上，在废币运动前几个月，印度央行行长拉詹意外辞职就引起外界揣测。拉詹是享有国际声誉的知名经济学家，曾担任美国芝加哥大学教授和国际货币基金组织首席经济学家，在他担任央行行长期间，印度政府视若洪水猛兽般的通货膨胀得到有效控制，外界对他的学术水平和管理能力予以高度认可。他的出走一度引发舆论哗然，也让许多人不解，现在有媒体缓过神儿来爆料：拉詹的出走正是因为在废币运动上与莫迪相左，但莫迪一意孤行，拉詹不忍自己一世英名毁在这样荒谬的政策上，遂愤而离职，行长一职由他原来的副手帕特尔接任。

废币运动造成的死亡人数超过百人，真正受伤的，除了底层平民，还有反对党。在某种程度上，选举政治可谓是金元政治，没有金钱支撑，再好的政策主张在竞选中也只能是折翼的天使。

莫迪一夜之间宣布旧币作废，等于釜底抽薪断了反对党的财路，而其所在的印人党却能事前知悉，毫发无伤。不难理解，在货币大棒和民粹主义的共同支撑下，印人党如虎添翼，在接下来古吉拉特邦、马哈拉施特拉邦、北方邦、北阿肯德邦等地的地方选举中大获全胜。

过了一个多月，新币量慢慢多了起来。我又去以前经常光顾的小店换钱，老板笑着问我："换新币还是换旧币？"

还有人换旧币？

见我有点诧异，老板嘴角露出诡异的笑容："新币汇率65，旧币70。"

我顿时回过神来，外国人存入银行再多的钱，写个声明就可以了，政府没有什么管束力，旧币通过外国人换成外币，外国人把换来的旧币存入银行，一笔钱不又"洗白"了吗？真是上有政策，下有对策啊！

故事到这里，还不算精彩。2018年8月29日，印度央行公布的2017/2018年度报告称，自2016年11月实施"币改"以来，已有超过99.3%的500卢比和1000卢比旧币被回收。报告认为，废币对印度经济增长产生负面影响，总体代价大于收益。这意味着，几乎所有的旧币又以新币的形式重新回到了经济流通中，"黑钱"全部洗白，所谓"打击黑钱"的借口不攻自破。

对此，印度财长杰特利表示废币更大的目的是将印度打造成纳税社会，而不再提首要目标是打击腐败和黑钱了。财政部国务部长普拉塔普更是表示，莫迪总理从来没说过废币是为了打击黑钱，而是为了提升印度的经济水平。反对党则毫不客气，国大党主席拉胡尔称废币运动是印度"最大的骗局"，莫迪通过废币帮助他的"亲信资本家"。

印度央行敢于公开废币运动的真实数据，算得上是政治良心了。莫迪、拉詹、帕特尔的故事，大概可以拍成一部印度版《纸牌屋》。但最让我慨叹的，还是那个自杀的农民，那个哀恸的父亲，到现在，也许已经没有人记得他们叫什么名字。

纪念馆里的暗杀史

在新德里市中心，有一条路叫作Tees January Marg，在印地语中，Tees意为三十，Marg是道路之意，"一月三十号路"就是为了纪念1948年圣雄甘地在这里被刺身亡。

这条路绿树成荫，非常整洁，甘地纪念馆就掩映在绿树丛中。它原是富商比尔拉的寓所，甘地和夫人经常来此做客，去世前144天，甘地就居住于此。

爱因斯坦评论甘地说："后世的子孙也许很难相信，世上竟然真的活生生出现过这样的人。"

是的，难以置信。在印度争取民族解放独立、印巴分治这样风起云涌的时代里，"手无寸铁"的甘地，成为一个浩浩汤汤的大国的精神支柱。殖民者、宗教仇恨、民族分裂……每一样都比他更孔武，但他始终反对以暴制暴，呼唤人心深处的觉醒和忏悔，从古老的印度传统中寻找人性的良善与和解，将道德自律、文化传统、政治理想和宗教情怀神迹般地融为一体，他不仅提供了政治方案，更可贵的是，洗涤了被仇恨蛊惑的人心。

　　甘地的思想从何而来？在1925年撰写的自传《我体验真理的故事》中，甘地记载，他的父亲信仰印度教毗湿奴派，却对其他宗教抱有非常宽容的态度，经常和耆那教的僧侣讨论宗教和世俗话题，也有不少穆斯林和琐罗亚斯德教朋友，这些记忆在小甘地心中播下了宽容开放的种子。

　　在英国求学期间，甘地又接触了不少西方作家，他所推崇的包括托尔斯泰、英国维多利亚时代艺术作家罗斯金（John Ruskin）、美国作家梭罗等。意大利印度学家詹尼·索弗里在《甘地与印度》一书中指出，甘地推崇的作家包括社会主义者、和平主义者、环保主义者……他们都在19世纪工业革命突飞猛进背景下超越时代潮流，成为工业文明及功利主义的反思者，进而成为西方文明的"异类"，而另一方面，他们又都是东方文明尤其是印度文明的崇拜者。我们大抵可以从这些作家中，窥见汇入甘地深沉的和平主义思想的一些源流。

　　但甘地太理想了。看过本·金斯利主演的电影《甘地传》的人应该都不会忘记，在印度独立之夜，举国狂欢，只有甘地待在幽暗的房间，在孤独中为印巴分治黯然神伤。他的"非暴力"理念赶走了殖民者，却不能化解印度教徒与穆斯林间的仇恨。兄弟阋于墙，外御其侮；退却外侮，兄弟却手足相残。独立后，甘地竭力维护印度穆斯林和巴基斯坦的正当利益，为了平息针对印度穆斯林的暴行，他再次绝食，因而引起极端印度教徒的仇恨。在遇刺之前，甘地在比尔拉寓所曾遭受袭击，但甘地反对警方加强寓所的警力，因为"警察不能干预正在做祈祷的信徒"，他说："神是我的唯一保护人，如果它想结束我的生命，任何人也不能拯救。"

我相信甘地对自己的遇刺早有预感。在生命中最后几周他曾叹息说："我自己可以和信奉非暴力的一群人去克什米尔或巴基斯坦或任何地方……今天我是无助的……我已筋疲力尽。今天我对我的人民无话可说。"从宗教上，他接受了神给自己的任何结局；从政治上，如能杀身成仁，为千千万万在仇恨中迷失的人民带去惊醒，也是他得偿夙愿。1948 年 1 月 30 日，甘地在比尔拉寓所走向祷告台时，被狂热的印度教徒刺杀，昭示真善与恶魔的斗争永远没有尽头。

馆中保存了甘地当年居住时的风貌和摆设。在寓所的起居室，一遍一遍播放着一支忧伤的歌："树叶已脱离枝头/鸟群已飞离到天空最深处……"最震撼人心的莫过于花园中的"脚印小道"，当年甘地遇刺时，正是沿着脚印所在的路线走向祈祷亭，也走向自己生命的终点。这是殉道者的脚步，他终于在死亡中抵达了理想和圆满。

在甘地纪念馆旁边的萨夫达江路（Safdarjung Road）上，矗立着英迪拉·甘地纪念馆。

提到独立后的印度史，尼赫鲁家族是无法绕开的话题，整个家族的悲情命运都和印度当代史纠缠在一起。

尼赫鲁成为印度首任总理后，其所在的国大党如日中天，在

◆ 甘地沿着这些脚印走向生命的终点

近30年时间里连续执政。尼赫鲁的女儿英迪拉·甘地分别在60年代和80年代两度当选总理，成为蜚声海外的政坛"铁娘子"。需要指出的是，英迪拉嫁给了一位姓"甘地"的记者费罗兹·甘地（Feroze Gandhi），所以她的姓随夫姓由"尼赫鲁"变成了"甘地"，与圣雄甘地并无亲缘关系。

在英迪拉领导下，印度取得长足的经济进步，成功进行了第一次核试验。英迪拉以铁腕著称，1975年，在其遭遇法院定罪、总理宝座岌岌可危时，她宣布全国进入紧急状态，暂停一切公民权利，取缔反对派政治组织，将成千上万政治家、记者、律师投入监狱，甚至针对男性大规模强制实施输精管切除术，以控制人口规模，英国印裔作家拉什迪在其巨著《午夜之子》中记载了这黑暗的一页。

英迪拉有两个儿子，哥哥拉吉夫·甘地和弟弟山齐·甘地，山齐更有政治天赋和热情，也是英迪拉和国大党更加中意的接班人。但造化弄人，1980年，英迪拉再次当选总理后不久，山齐在一次空难中丧生。为平复丧子之痛，英迪拉以更加勤勉、忘我甚至苦行的方式投入工作。然而，她的铁腕在处理旁遮普自治运动中遭遇了滑铁卢。

旁遮普位于印度西北部，毗邻巴基斯坦，意为"五河之地"，印度河的5条支流杰赫勒姆河、杰纳布河、拉维河、比亚斯河、萨特莱杰河在此汇合，历史上，这里是兵家必争之地，曾受到波斯、古希腊、孔雀王朝、贵霜王朝、阿拉伯、突厥、阿富汗等多个王朝和政权的统治。16世纪，锡克教在融合了印度教和伊斯兰教的基础上发展起来，锡克教不拘于宗教仪式的繁文缛节，倡导众生平等才是真正笃信宗教。男子名字后加上"辛格"（Singh，意为"狮子"），女子名字后加上"考尔"（Kaur，意为"公主"）。锡克人善于经商，以勤勉努力、吃苦耐劳著称，旁遮普商业发达，也是著名的"印度粮仓"。

阿姆利则位于旁遮普邦印巴交界处，在印度语中意为"永恒的甘露池塘"。阿姆利则不仅是印巴边境要塞，也是锡克教的圣城，最为著名的当属"阿姆利则金庙"。金庙是锡克教徒的天堂之地，进入金庙必须包扎头巾，赤脚蹚水经过庙前的水道以净足。进入庙内，首先看到的是一汪"神池"，信徒或在池中洗浴、祈祷，或在岸边打坐、冥想，一条长长的栈桥通往彼岸——通体镏金的宏伟建筑在对岸熠熠发光，池中金影粼粼，互相辉映，美轮美奂。

命运赋予这片土地福祉，也相伴相随许多苦难。1919年4月13日，阿姆利则市民众在札连瓦拉园举行抗议集会，遭到英军血腥屠杀，英军向手无寸铁的平民开枪，恐怖之中许多人被迫跳入札连瓦拉园的深井，造成约1000人死亡，1500人受伤。阿姆利则现存札连瓦拉纪念园，建筑均以印度传统的红砂岩修建，夕阳西下，霞光映照在红砂岩之上，历史深处的血痕犹存。阿姆利则惨案是印度独立史上最惨烈的事件之一，也深深影响到现代印度的民族观念和家国情怀，许多印度电影作品都以之为背景题

◆ 金庙前对影冥想的锡克教徒

材，如圣雄甘地的传记电影《甘地传》、阿米尔·汗点燃青年人
热血的名作《芭萨提的颜色》等。

旁遮普另一次改写历史的苦难发生在圣地金庙之中。由于锡
克教徒拥有独立的宗教信仰和语言，在经济上也更加富足，从
60 年代起，锡克教徒就一直试图要求自治。到了 80 年代，激进
派领袖宾德兰瓦勒掀起独立运动，并以金庙为总部指挥武装。
1984 年，失去耐心的铁娘子宣布对旁遮普进行军事管理并派遣
军队强行进入金庙，造成包括宾德兰瓦勒在内的 1000 多人死
亡，一时血雨腥风，举国哗然。

其时，英迪拉身边的两个警卫正是锡克教徒。有人劝说她撤
换警卫，但英迪拉对自己的政策非常自信，她相信，保留锡克教
警卫会向人们显示自己的坦荡无私，也会向锡克教徒显示信任和
宽容。1984 年，英迪拉在宅邸的花园中散步时，两名警卫将枪
中的子弹全部打到了她的身体中。在她去世前一天晚上，她说：
"如果今天我将死去，我的每一滴血都会让这个国家更加生机勃
勃。"（If I die today, every drop of my blood will invig-
orate the nation.）

英迪拉的另一个儿子拉吉夫，向往普通平淡的生活，他的梦
想是做一名飞行员。他在剑桥求学期间，有一天晚上走进一家小
酒馆，在那里看到了美丽的意大利姑娘索尼娅，"只是因为在人
群中多看了你一眼"，拉吉夫便在心里认定"这是我的女孩儿"。
他们结婚了，丈夫回到印度，遂愿成为印度航空公司的一名飞行

员，单纯的索尼娅跟随丈夫来到印度，穿起了纱丽。素以强硬著称的英迪拉却对这个儿媳妇相当满意。如果不是山齐之死，也许他们可以度过平静的一生。

英迪拉死后，拉吉夫不得不肩负起家族的重托进入政治旋涡，宣誓就任印度总理。

印度泰米尔纳德邦隔海相望的岛国斯里兰卡，与印度有千丝万缕的联系。斯里兰卡的主体民族是讲僧伽罗语的佛教徒，历史上是从印度移居于斯的雅利安人，其次是讲泰米尔语的泰米尔人，他们是古代达罗毗荼人的一支，与泰米尔纳德邦亲缘关系更加密切。这两大族群本来都是同样源自印度，应该算是兄弟关系，但英国殖民者对其分而治之，导致其固有的利益矛盾激化。英国殖民者撤出斯里兰卡后，两个种族间暴力不断升级，出现了恐怖组织"泰米尔猛虎组织"。

拉吉夫上台后，印度试图从中斡旋，结束斯里兰卡内战，并派军进入岛内帮助解除猛虎组织武装，受到极端泰米尔人的仇视。1991年5月的一个夜晚，拉吉夫在泰米尔纳德邦出席活动时，遭到猛虎组织"人体炸弹"袭击身亡。当年送别英迪拉的场面还恍如昨日，尼赫鲁家族的诅咒似乎成了一个轮回。

早年，索尼娅一直希望拉吉夫远离政治，甚至为此与丈夫数次争吵。在丈夫逝世后，索尼娅曾带着两个孩子远离政坛，深居简出。但此后印度政坛云谲波诡，国大党慢慢丧失了昔日一家独大的光荣，各个政党如走马灯似的频繁更迭。一些国大党元老不断恳请索尼娅出山，借助她的身份重振国大党的声望。

昔日单纯的意大利少女要经过多少踌躇、彷徨：英迪拉遭到枪击的时候，她就在附近，目睹疼爱她的婆婆沾满鲜血；拉吉夫遇刺的消息传来，索尼娅带着孩子赶到丈夫的遗体边，还见到他一双带血的鞋子；她渐渐习惯印度辛辣的食物，并在孤独中日益强烈地感到对尼赫鲁家族和印度的政治责任感……终于，1997年，索尼娅加入国大党并迅速成为党主席。虽然她早已加入印度国籍，意大利出身却是反对派不断攻讦她的口实，2004年，当国大党赢得选举，世人皆以为她会出任总理时，她展现了铁面无私的胸怀，推举曼莫汉·辛格（Manmohan Singh）担任总理。

2014年，印度人民党的纳伦德拉·莫迪（Narendra Modi）赢得大选，"莫迪风"一时风光无限。如今，索尼娅唯一的儿子拉胡尔·甘地（Rahul Gandhi）也已接替母亲成为国大党的新主席，这个初涉政坛时喜欢穿白衬衫、有点害羞的年轻人正在变得成熟老练，脸上的络腮胡子也越来越浓密。尼赫鲁家族的每个人都面临他们与生俱来的家国使命，在印人党的强力攻势下，拉胡尔会带领国大党重振雄风吗？精彩的印度政党大戏还在继续上演。

纪念馆中的暗杀和悲情是个人和家族的不幸，也映照出印度现代政治的颠簸和苦难，更折射了根植于这个多民族国家历史深处的族群矛盾，至今仍然是印度社会面临的严峻挑战。尼赫鲁曾在《印度的发现》一书中寄托他的美好愿景："我深信，只有印

度教徒、穆斯林、锡克教徒和印度其他族群的意识形态融合才能
产生民族主义。这绝不意味着任何族群的任何真正文化的消失，
而意味着一个共同的民族前景，其他问题都位居其次。"这个目
标至今仍未完成，然而，今天的政治家们却不可忘记诗人泰戈尔
那优美深长的咏叹：

> 无人知晓是谁令人神往的召唤
>
> 多少人类的溪流
>
> 从广袤世界的各个角落
>
> 从不屈的浪花中涌来
>
> 经过千年汇聚成河
>
> 融入浩瀚的大海
>
> 并创造出一个独立的灵魂
>
> 那就是印度①

---

① 选自泰戈尔《印度圣地》，作者译。

辩才天女的三姐妹

在印度教神话中，创造之神梵天的妻子辩才天女是掌管诗歌与音乐的文艺女神。她通常有四条手臂，手持七弦琴，拿着象征知识的书本和一串念珠。有三位极具文艺天赋的印度女性令我非常难忘，在她们身上，我看到了印度女性非凡的创造力、对男权社会强有力的反抗、女性特有的坚韧和毅力。她们是辩才天女在世间珍贵的姐妹。

—

第一次去新德里的国家现代艺术美术馆（National Gallery of Modern Art），在一楼入口附近的显著位置发现阿姆里塔·谢吉尔（Amrita Sher-Gil，1913—1941）的画展专区，常年展出谢吉尔近百幅作品。国家现代艺术美术馆可谓印度现代艺术的最权威殿堂，谢吉尔能在此地占据如此重要的空间，足见其在印度现代艺术史上无与伦比的地位。

◆ 印度报纸上的辩才天女漫画像

这位印度天才女画家出生于匈牙利布达佩斯，父亲是印度锡克教贵族，亦是梵语和波斯语学者，母亲则是具有犹太血统的匈牙利歌剧演员。谢吉尔犹如上帝精心打磨的一颗珍珠，容貌出众，天赋过人。她16岁时前往巴黎学习绘画并很快崭露头角。1932年，她凭借《年轻女孩》声名鹊起，成为1933年巴黎沙龙展中最年轻的成员，也是当时唯一获此殊荣的亚洲人。30年代早期，谢吉尔创作了多幅自画像，这些作品展现了纯熟的欧洲绘画技巧，具有自然主义的特点，映射出一个美丽圆润的现代印裔女性，她享受巴黎波希米亚式生活的浪漫多情，一颦一笑之间透露出热情洋溢的自信。

毫无疑问，如果她当时继续留在欧洲，完全可以凭借上天赐予的家世、财富、美貌和才华度过令人艳羡的一生，但她听到了更加深远浑厚的召唤。

谢吉尔强烈渴望回到印度，她感到"只有回到印度，才能完成一个画家的使命"，她认识到，西方绘画的表现形式只能让她成为一个技巧高超的学习者、模仿者，只有回到印度，回到灵魂的故乡，才能找到真正的艺术自我。艺术上突破的渴望和血液中的印度基因强烈地交缠在一起。1934年，她如愿回到印度，莫卧儿画派、阿旃陀石窟壁画等传统表现形式很快深深吸引了她，她开始有意识地向传统靠拢。

她进入了一个更为博大、深远，燃烧着她的灵魂的艺术世界。她在致友人的信中写道："我的艺术使命就是要表现印度人

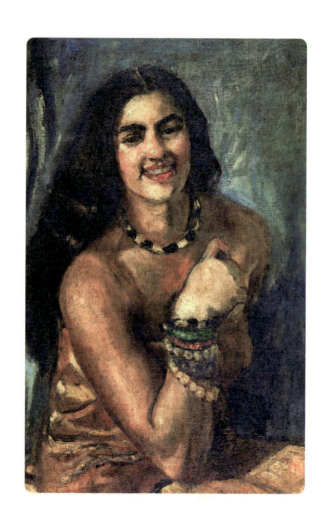

◆ 谢吉尔自画像（作于1930年）

民的生活……我只能画印度，欧洲属于毕加索、马蒂斯、布拉克……而印度仅仅属于我。"

25岁时，谢吉尔与一名医生结婚并回到位于北方邦戈勒克布尔的老家，这是她的父辈居住之地，她的作品进入了一个全新的领域。尽管家境优渥，她却总是被那些贫穷的、被侮辱和剥削的人深深吸引，她沉浸在印度乡村的忧郁和美丽之中，致力于将印度传统与现代技法相结合，于简洁、质朴的线条中表达人物的朴拙优美，又巧妙使用西方的明暗、透视等造型方法，偏爱强烈的色彩，寄寓对底层人民尤其是对女性的深情，更蕴含了对印度"永恒的乡村"的热爱，对古老的文化传统的眷恋和追思。谢吉尔对印度现代艺术的贡献不亚于40年代孟加拉画派石破天惊的影响，被公认为印度现代艺术的先驱。

谢吉尔的私生活十分丰富，与不少男性、女性均传出过绯闻。据说尼赫鲁亦曾倾心于谢吉尔的美貌和才华，专程赴戈勒克布尔拜访她，二人也曾通信，但谢吉尔从未为尼赫鲁作过一幅画像，因为尼赫鲁"太过俊美"。

1941年，谢吉尔28岁的人生戛然而止，她在深夜骤然病逝于拉合尔。关于死因众说纷纭，有人猜测是因为堕胎后的继发感染，有人则怀疑是她的医生丈夫谋杀。她短暂的生命宛若流星，在夜空中绽放出令人屏息的光华，又在人们未来得及完全理解它的意义的时候完全消失。

谢吉尔大部分作品今藏于新德里的国家现代艺术美术馆，我去看过三次，每次都意犹未尽、恋恋不舍。在有限的空间中，有谢吉尔健康丰满、明艳动人的形象，更多的是她一生牵挂、追寻的那些沉默的乡村姐妹，透过她们黝黑的皮肤、色彩浓烈的纱丽，我听到了更加深沉的言说。美国诗人兰斯顿·休斯在《黑人谈河流》中写道："我了解河流：我了解像世界一样的古老的河流，比人类血管中流动的血液更古老的河流。我的灵魂变得像河流一般深邃。"可以说，休斯的黑人河流也正是谢吉尔的印度乡村。

二

舞蹈是印度最重要的艺术形式之一。湿婆在跳舞时被称为"那塔拉加"（Nataraj），是印度舞蹈的始祖。湿婆所跳的是一种具有狂喜精神的"宇宙之舞"，是万物运动的源泉（牛顿苦苦追寻的"第一推动力"在此有了答案）。印度舞蹈从诞生之初就是和印度教精神信仰联系在一起的，而不是单纯的娱乐活动，舞者的最高境界，就是在舞蹈中达到接近神的狂喜状态。正因如此，舞蹈家达南贾扬（V. P. Dhananjayan）曾说，印度文化基于四部吠陀经，而舞蹈是第五部。

婆罗多舞（Bharatanatyam）是南方舞蹈的代表，公元前1000多年前就出现在印度南部的泰米尔纳德邦。婆罗多舞最初在寺庙中表演，用以表现印度教神话中的传说故事，特点是上身

◆ 谢吉尔作品《乡村场景》（作于1938年）

保持笔直，通过复杂的手势、表情、眼珠动作表达感情，动作孔武有力。到19世纪，在泰邦城市坦贾武尔，出现了才华横溢的四兄弟，史称"坦贾武尔四兄弟"，他们对婆罗多舞进行了现代编排，创作了现代婆罗多舞的大量舞曲，被称作"婆罗多舞之父"。四兄弟的一位后裔基塔帕·皮莱（Kittappa Pillai）收了一位弟子纳塔吉·纳塔拉吉（Narthaki Nataraj），她出身贫寒，苦学14载后，2012年，从印度总统手中接过了印度国立音乐、舞蹈和戏剧学院奖（Sangeet Natak Akademi），而更具有传奇色彩的是，她是一位跨性别艺术家。

据《摩诃婆罗多》记载，大战前夕，般度族需要将一位王子献祭给迦梨女神，王子阿拉万挺身而出，愿意为部族而死，但他坚持自己要结婚后才能死去，没有公主愿意接受婚后便成为寡妇的命运。危急中，毗湿奴的化身克里希纳神又化身为女性摩西尼嫁给了阿拉万。这便是印度教神话中变性者的由来。

神话听上去十分美丽，变性者还被赋予了一种自我牺牲的崇高美感。但第三种性别者在现实生活中经历着巨大的煎熬。纳塔拉吉生为男孩，但她认识到自己内部的女性，自她记事起，她体验到的便只是嘲讽和责难，不敢表达自己的真实想法，只能将自己深深隐藏起来。这种隐藏带来的孤独感反而在内心激荡起强烈的被人照见、被人认同的渴望。她对记者坦言："如果你能看到我的内心，会发现那里全是痛苦和伤疤。"不幸而又幸运的是，这种伤痛成了她前进的源源动力。

　　她是天生的舞蹈家。在电视里看到舞者，她便情不自禁地去想象、模仿，在路上手舞足蹈，引得流浪狗跑过来咬她；害怕家人阻碍，她就偷偷跑到寺庙去跳舞，把跳舞所需的化妆品藏起来；她不知疲倦地练习，连她的舞蹈老师也觉得"光看她跳舞就已经非常疲累"；16岁那年，她由于自己的女性举止和跳舞被逐出家门；她为了舞蹈无所畏惧，只身邀请当地市长参加她的毕业表演仪式，没有人相信市长会来——而他真的来了！皮莱欣赏她的才华，她却无钱拜师，苦苦坚持了一年多，精诚所至，皮莱终于点头同意让她去上课。正如阿米尔·汗在《神秘巨星》中对爱唱歌的小姑娘所言："你的才华就像碳酸饮料中的气泡，什么也阻挡不了它们冉冉升起。"

　　舞蹈对纳塔拉吉而言不仅是一份事业，更是她辨认自我的镜子。她曾说："我内在的女性和我的舞蹈密不可分，我通过其中一面体验另一面。"通过舞蹈，她将少年时代对于性别的迷惑、压抑和恐惧转化为宗教的体悟，"跨性别者拥有神性的灵魂，正如你无法断定上帝是男性还是女性"。成名后，她在泰邦开设舞蹈学校，向那些对自己性别有疑惑的孩子们敞开大门。

　　纳塔拉吉是一名了不起的女性。她的故事也让我对印度社会的包容有了新的认识。印度社会太纷繁复杂，用开放或保守来界定它都会失之偏颇。纳塔拉吉的成功也并非个例。2015年，独立候选人马德赫·金纳尔（Madhu Kinnar）当选恰蒂斯加尔邦赖加尔市市长。这是印度首位跨性别者当选市长。在报上读到这则消息时，我不禁抚掌，印度社会真是太有趣了。

三

一次偶然的机会，我和一名印度女性学者聊天时，她得知我对诗歌很感兴趣，便推荐我看看印度女诗人萨尔玛（Salma）的作品，"她的诗歌非常特别，和那些住在空调房间里的诗人完全不一样"。我便找了些诗人的生平和作品来看，果然，萨尔玛的传奇经历，完全可以拍成一部宝莱坞大片。

萨尔玛1968年出生在印度南部泰米尔纳德邦一个乡村穆斯林家庭。12岁那年，村里来了放电影的，她和三个女同学偷偷跑去看，没想到那是一部情色片，等到开始放映后，电影院门被锁住了，她们无法离开。家里人知道后，把她软禁在家9年，不允许她继续上学。她早早结婚生子，在人生最青春美丽的年纪，她感受到的是亲人的疏离、父权的压抑、内心的孤独，强烈而庞杂的感情迫使她拿起笔，开始写诗。"当我提笔写下脑海里的句子时，我觉得我正在和某些人分享我的感受，这种感觉促使我继续写下去。"为了不让家人发现，她的许多诗歌都是在浴室中偷偷完成的。

萨尔玛在诗中描绘底层女性的切肤之痛，她们的爱、孤独、母性、自我、性别意识，以及精神的匮乏、孤独的煎熬、自我的拷问。她在一首小诗中描写蚂蚁搬走一只被压扁的蟑螂的残肢，意识到眼前的景象正是自我的巧妙呈现，因为"我"也有"再也无法飞翔的翅膀/无用的双腿"。她在另一首题为《没有留下痕迹》的诗中写道："身穿白色纱丽/未曾生养的老妪/无尽的孤独/什么样的庇所会留给一个女人/她的痕迹已全然抹去。"萨尔玛的诗简单、紧凑，并不像知识分子的诗歌那般深奥莫测，却善于展示女性在日常生活中体验到的悲哀和危险。她的诗没有多余的玄想，只有个体与现实撞击后活生生的回响，显示出执拗的尊严感：在传统父权的文化背景下依旧试图发出女性个体的声音，拒绝个人记忆的抹杀。她说："我的痛苦并非个人的，它属于所有女性。"

她将自己的诗偷偷送往出版社。为了不让家人知晓，她选择"萨尔玛"作为笔名，并恳请出版社代收读者来信。由于作品描述了女性的个人体验尤其是身体体验，招致了泰米尔文学界一些传统卫道士和宗教激进主义者的双重批评，而更多批评家和读者猜测她的身份，喜爱她的作品，认为她是泰米尔女性主义文学先锋。萨尔玛依然若无其事地生活在村庄中，出版社帮她接收读者来信，再秘密打电话将大致内容告诉她。由于当地穆斯林妇女不能单独外出，每次参加出版社举办的文学活动，萨尔玛只能以看病为名、在妈妈的陪伴下偷偷前往。在她第一部诗集的发布会上，出版社邀请她上台说几句话，她却不敢登台，因为她害怕活动的照片会登在报纸上被村庄里的人看到。

事情发生了奇妙的转机。2001年，村里的自治委员会"潘查亚特"迎来选举。"潘查亚特"字面意为"五人长老会",是印度乡村传统自治机构。由于当年村里的选举名额保留给女性,原本准备参加竞选的萨尔玛丈夫无奈之下只得让妻子参选,为了赢得选举,萨尔玛公开了诗人和作家身份,结果顺利当选。政治地位的变化为萨尔玛争取到了写作自由,她终于可以光明正大地写作、出版、收发杂志和信件,终于可以大胆表露自己的政治态度。她接受电视台采访时不戴头巾,在社交媒体上称自己为"无神论者",在小说中描写穆斯林女孩与印度教男孩相恋,并于2006年加入泰邦反对党德拉维达进步联盟,重在为女性争取更多政治权利。

近年来,女性地位问题日益受到印度全社会的关注,女性发展对印度社会的重大意义也被重新认识和评估。国际货币基金组织认为,如果印度能充分释放女性就业潜力,其富裕程度将提高27%。要实现这个美好的愿景,恐怕并非一朝一夕之功,大众文化却已经敏感嗅到了热点题材。

宝莱坞两部热门电影《厕所英雄》和《护垫侠》不约而同涉及农村女性题材,两部电影的男主角也颇有相似之处:都是宠妻狂魔,为了让妻子过上更卫生、更健康、更体面的生活不惜挑战传统,其中最艰难的步骤都是"改变人们尤其是女性自身的观念",结果都皆大欢喜,一个化身助力莫迪总理"清洁印度"项目的民间模范,一个成为登上联合国演讲台的发明家。但吊诡的是，在两部电影的角色设置里，争取女性权益的英雄都是三观正确的丈夫，而非女性自身。而我认为萨尔玛的故事更加珍贵，也更具有现实意义：发掘女性自身的天赋和才能，胜于寄希望于开明的丈夫。

奇光异彩宝莱坞

忽如一夜春风来，宝莱坞电影俘获了万千中国观众的心。

宝莱坞电影的制作成本跟中国电影比，小巫见大巫；题材多选自印度本土，对中国观众而言文化背景十分陌生；表现手法并不前卫，甚至有点儿一板一眼……但就是一个个平凡乃至老套的现实故事，充满了虎气生生的感觉，犹如盛夏绽放的花朵，虽然有瑕疵，然而却抵挡不了它迎面而来的浓郁芬芳。在一定程度上，宝莱坞电影已成为中国电影的某种焦虑：为什么印度人的故事能讲得我们心潮澎湃？为什么我们砸了这么多钱还是拍不出好电影？为什么小鲜肉不能像阿米尔·汗一样增肥又减肥？研究一下宝莱坞电影为什么好看，也许能为我们找到一面对照的镜子。

"宝莱坞"（Bollywood）这个词取自印度最大城市孟买（Mumbai，旧称Bombay）和美国电影梦工厂好莱坞（Hollywood），因此，狭义的"宝莱坞"是指位于孟买的印地语电影产业。

由于印度的邦级官方语言就有22种，语言是不同地域、不同族群的重要身份认同，政治和文化影响力不可小觑。因此，宝莱坞电影虽是印度电影的最大支柱，却不足以代表印度电影全貌。2014年，宝莱坞电影票房占印度电影总收入的43%，2017年，其产量约为全国总量的18%。其他语种的电影虽不为中国观众所熟知，却生机勃发，成为印度历史上不同民族与文明不断融合、不同文化相互碰撞的生动呈现。在宝莱坞之外，泰卢固语、泰米尔语电影也占据了较大板块，甚至还有导演采用至今已不为人们所使用的梵语。但宝莱坞电影蜚声全球，尤其在中国观众心中俨然已成为印度电影的代名词，所以人们也经常用宝莱坞代指整个印度电影产业。

最能引发国内观众共鸣的，大概就是宝莱坞对印度社会现实的强力关照。任何社会都会有社会矛盾，但只有印度社会的错综复杂、强烈对比、光怪陆离如此震撼人心。宗教纷争、种族对立、贫富差距、性别歧视……现实本身就包含书写不尽的魔幻现实主义题材。印度独立之初，电影人就意识到这种责任，强调要从现实出发，选择与人民密切相关的题材。可以说，印度现代电影诞生之初，"人民艺术"的理念就深入人心，多年以来，更是形成了艺术与政治碰撞的宽容空间。

《芭萨提的颜色》讲一群年轻人的飞行员朋友在军机失事中丧生，这群年轻人发现，事故并非偶然，根源在于军机配件采购过程中的政府腐败、官商勾结，于是他们决定讨回公道。影片将历史上的"阿姆利则惨案"与现实问题相关联，寓意年轻人若不发声，一个民族就会在沉默中灭亡，为了正义，他们不惜以螳臂当车之力献出生命，具有强烈的理想主义色彩。《无可避免的战争》更是敢于碰触"纳萨尔"题材。纳萨尔是一个极左反政府武装，被印度政府列为恐怖组织，被长期围剿。然而影片通过一个倒戈线人的视角，一针见血指出贫富差距和社会不公才是造成恶瘤的根源，对"恐怖分子"流露出深刻同情。可以说，这部电影是为"恐怖分子"说话而抨击政府的。不难看出，这些电影虽然痛斥社会弊端，但始终内含一种正能量，即推崇个人抉择对社会的影响和改变。这一点在近年热映的《摔跤吧，爸爸!》《神秘巨星》等电影中表现得也很明显，揭露但不绝望，愤怒则会行动，总体呈现纯真、明朗、健康的风格。

丰富的素材之上，还有精神深度，宝莱坞尽管商业化，却从未停止哲学精神探索。《印度愚公》改编自真人真事，曼吉是比哈尔邦的一个穷苦农民，他的妻子在爬山时不幸坠入山谷，由于地处偏僻，从居住的山区到最近的医院要跨越55公里的山路，最终妻子因失血过多而死。曼吉发誓要砸通大山，从山谷中开凿一条近路，并用一生完成了这一事业。曼吉逝世后，政府将其誉为印度精神的代表，并资助完成该片。该片存在较强的宣传性，但为何依然好看？一个很重要的原因就是它的暗线：人物精神的变化。曼吉对大山的感情起初是复仇，继而是无奈，他发出陀思妥耶夫斯基式的天问：受苦的意义何在？信仰的意义何在？最终与大山变成共同面对命运、互相谅解的知己。这种处理手法实际上与印度重视思辨的文化传统，与婆罗门教延续至今的宗教超越思想一脉相承。《我的个神啊》则通过外星人的眼光展现宗教迷信的荒谬，引导观者反思宗教，独立思考宗教与信仰的关系，人们到底需要什么样的宗教。在一个"宗教国度"中提出这些思辨问题，又包含了巨大的勇气。

光动脑子还不够，打动人心还需"印式温情"，即温馨动人的细节处理和表现方式。愚公曼吉步行前往德里希望寻求政府的帮助，犹如苦行僧，但镜头一转，一路风餐露宿、衣衫褴褛的愚公正在夕阳的光辉下柔情脉脉地抚摸着一只流浪狗的头，仿佛残酷的世界在这一刻变得柔软。镜头并未展开特写，一晃而过的温情却挥之不去。《印式英语》讲述的是印度家庭主妇在美国恶补英语获得尊重的故事，这本是一个后殖民时代文化冲突的严肃主题，民族不平等是不幸现实，一不小心就会拍得苦大仇深。该片却采取了轻快、清新的语言，观者自会感受到，跨越这些障碍的平等理解和心灵相通是可能的。

宝莱坞能自成一格，最重要的原因当然在于其保留了浓厚的民族特色。宝莱坞一直从瑰丽多彩的神话传说、丰富传奇的历史故事中寻找灵感，电影语言更是充满浓浓的本土风情，"一言不合"就载歌载舞。有人认为歌舞可有可无甚至浪费时间，实际上，歌舞起源于印度古典戏剧，在电影中往往起着烘云托月、暗藏情节的作用。《宝莱坞生死恋》开篇，惊为天人的艾西瓦娅·雷在雷雨中歌舞，既自诉相思之苦，又表达不渝之情，雷雨与狂风更隐藏了悲剧的宿命。《我的个神啊》中，女主角与巴基斯坦男友相识于风光旖旎的比利时小城布鲁日，随后二人以歌舞展现感情升温，愣是在一幅弗拉芒风情的画卷中洒了一把咖喱味的狗粮，文化碰撞也可以如此新奇有趣，令人解颐。

当然，由于中印之间的文化和审美差异，一些印式风味过于浓郁的电影也曾在中国遭遇票房滑铁卢。如印度近年来引以为傲的大制作《巴霍巴利王》，被誉为印度版《哈姆雷特》，全民热捧，场场爆满，屡屡刷新印度电影票房纪录，赚得盆满钵满，却在中国被浇了一盆冷水。

《巴霍巴利工》是典型的印度英雄神话作品。巴霍巴利无论是一箭三发、以一人之力击败蛮族入侵，还是独占象背、驰骋沙场，简直如天兵下凡，看得小伙伴们都惊呆了，这耍帅技能已经超越人类的认知水平。在印度传统经典作品中，盖世英雄都是神的化身，如《罗摩衍那》中战胜魔王罗波那的王子罗摩、《薄伽梵歌》中阿周那的御者黑天等。既然英雄的力量来自神灵的显现，那么情节再怎么夸张也不为过。在台词设计上，人物间的对话更显示出磅礴的气势，仿佛角色不是在对话，而是承受天命，呈现出古典英雄之美。可以说，印度文化中对英雄伟力的崇拜与对神灵的信仰是同一硬币的正反面，根植在印度文化的血液中。

而对于中国人来说，圣人教诲我们"子不语怪力乱神"，中国文化关注的是现世生活。英雄的种种神迹是不符合现实逻辑的，不符合理性，中国观众也就难以获取印度观众式的入迷。

中国观众喜爱、欣赏、赞叹的，是印度电影中活生生的元气，而这种元气必须要和现实发生关联才能引发共鸣。

同时，对印度宗教文化的陌生，也导致中国观众难以欣赏影片的细节之美。提婆犀那公主登上梦幻之船时，巴霍巴利俯身让她踩着自己的身体跨过水域，这与湿婆神的故事产生了微妙的回响。有一次，迦梨消灭恶魔后陷入狂喜，无法自制，不由自主地踩踏大地，令众生惶恐。湿婆为减轻众生的苦痛，于是"实力宠妻"，躺在迦梨脚下任其践踏。再如，在上部中，巴霍巴利之子希瓦在林间捉弄阿瓦迪卡，这来自克里希纳的形象。克里希纳是毗湿奴的化身，他既正义善良，又伶俐多情，经常在林间与众多牧女嬉戏。传说故事与电影情节多处形成互文和呼应，如果了解这些故事，观者不免会心一笑，进而发掘出影片更多人文内涵，引发观影愉悦，不然则云里雾里，不知所云。

电影是印度当下最重要的文化产业，对增强民族自豪感、扩大文化影响力、推行印度价值观发挥着潜移默化的作用。在印度周边的斯里兰卡、毛里求斯、阿富汗、尼泊尔等国，有电影院处则必有宝莱坞电影。对印度社会而言，电影早已超越娱乐范畴，而被赋予了浓厚的政治社会意义。无怪乎莫迪政府于2016年规定，为了提升广大民众的爱国热情，电影院在每场电影放映前要先奏国歌，全体起立行注目礼。

的确，电影产生的实实在在的社会影响不容小觑。2008年，德里卫星城诺伊达发生了一起震惊全国的谋杀案，少女及仆人离奇死亡，警方指控父母因发现少女和仆人有染，故实行"荣誉杀人"。2015年上映的《罪恶》呈现了控辩双方截然不同的案件还原，揭露出印度司法体系的混乱和漏洞如何导致该案件变为不可破的罗生门。影片引发了巨大反响，在舆论压力下，法院于2017年宣告死者父母无罪释放。2018年上映的《帕德玛瓦蒂王后》更是成为族群事件的导火索，电影为了表现穆斯林苏丹王的执念，安排他在想象中与拉杰普特的王后发生了浪漫故事，其实现实中两人连面都没见过。历史上，拉杰普特是尚武的印度教民族，一直以抵抗穆斯林政权为荣。这下倒好，极端印度教徒声称电影侮辱了他们神圣的王后。历史学家看不下去了，站出来指出帕德玛瓦蒂王后是传说人物，历史上是否真有其人无法考证。极端分子可不管这一套，到处砸毁电影院泄愤，还扬言要悬赏追杀女一号。最后还是印度最高法院出来以正视听，宪法保障创作自由，允许该片上映。

"一切就像是电影，比电影还要精彩。"这句歌词简直就是印度社会的写照，从这个角度看，印度社会的复杂、丰富与多元，真是一个更大意义上的"宝莱坞"。

五花八门的配额制度

　　在印度电影《起跑线》中，服装店老板拉吉为了把女儿送去名校，不惜上演假扮穷人的苦肉计，因为政府规定，为了保证机会公平，名校必须把一定的入学配额预留给贫困学生。不仅是教育，配额制度广泛存在于印度政治和社会生活中，是观察印度社会一面有趣的棱镜。

　　配额制度的历史需要追溯到英国殖民时期。20世纪初期，印度民众的反英情绪日益高涨。英国当局为了缓和形势，向印度公众承诺赋予印度人更多政治权利，并于1909年颁布《印度议会法案》，使印度人首次可以通过选民直接选举进入英属印度立法委员会，其中为穆斯林保留了配额席位和独立选区。

　　伊斯兰教自8世纪初传入南亚以来，在次大陆建立了一种与印度教完全不同的宗教生活方式，两大宗教之间的矛盾也从未停息。英国殖民者意识到双方的对立，遂采取分而治之的方式，在某种程度上可谓是平息两大宗教民族主义矛盾的权宜之计，但也打开了"潘多拉的魔盒"。并且，印度教徒与穆斯林之间的冲突并不是南亚次大陆上唯一突出的矛盾，如果其他矛盾的利益攸关方浮出水面，试图通过配额制度的方式争取更多的政治经济权利，势必会将整个社会拉扯入复杂的纠葛之中。

果不其然，1932年，时任英国首相拉姆齐·麦克唐纳为了"解决印度的问题"，宣布设立"团体奖"（Communal Award），将独立选区扩大到锡克教徒、佛教徒、基督徒、英印混血、欧洲人和"不可接触者"（达利特人，即所谓的"贱民"），并在议会中为其预留一定席位。这是出身于不可接触者阶层、该阶层政治领袖安贝德卡尔博士一直以来追求的目标，却遭到了圣雄甘地的强烈反对。

甘地本身是反对歧视不可接触者的，但担心为不可接触者设立独立选区将造成国大党和印度教徒的内部分裂，既不利于团结全体印度教徒共同争取自治，更重要的是，会使文化意义上的印度教社会分崩离析，故不惜绝食抗议。最后，安贝德卡尔妥协了，他与甘地签订了《浦那协定》，放弃独立选区，但甘地同意在议会中为不可接触者预留比麦克唐纳允诺的更多席位。

1935年的《印度政府法案》正式以列表的形式罗列了所有被认为是"落后阶层"的种姓和部落名称，此后，表上列举的种姓和部落也被称作"表列种姓"和"表列部落"。这是中性的称谓，不带贬义色彩，印度独立后的宪法也沿用了这一称谓。

1978年，印度政府成立曼达尔委员会（Mandal Commission），审定印度国内落后阶层状况。委员会经过对经济、社会、教育等一系列指标的测定，估计落后阶层约占印度总人口的52%，建议在中央政府及公共部门中为除表列种姓、表列部落以外的"其他落后阶层"（Other Backward Classes）预留27%的职位，使得表列种姓、表列部落及其他落后阶层的总配额达到49%。报告在印度社会中引起轩然大波，尤其招致青年学生的强烈反对，直到1992年才开始在中央政府内实行。

时至今日，配额制度存在于印度的政治、教育、就业等方方面面，覆盖种姓、宗教、民族、性别等身份认同。如中央政府层面的高校最多可为表列种姓、表列部落和其他落后阶层预留50%的配额。2012年，东北部的特里普拉邦为促进性别平等，在"潘查亚特"体系中为女性预留50%的职位。尽管种姓歧视、重男轻女的风气仍然在印度社会影响深远，但配额制度一定程度上对突出的社会矛盾实现了纠偏。最典型的例子就是在印度的政治体系中，出现了一批出身低种姓、少数民族部落的政治家和女性政治明星，如印度历史上首位达利特人总统纳拉亚南（1997—2002年在位），唯一一位女总统帕蒂尔（2007—2012年在位），曾四度任北方邦首席部长、印度第三大政党大众社会党党主席的梅亚瓦蒂则是一位出身表列种姓的女政治家。

但在一个社会矛盾如此多样、多面、多变的国家里，配额制度并不是万能药，甚至可能"按下葫芦浮起瓢"，制造新的问题和困境。

首先，配额制度以族群为依据实行利益再分配，必然会造成

"患不均"的客观事实，从而加剧社会撕裂。

从社会整体利益格局来看，金字塔顶端那部分人的利益是十分稳固的，配额制度使利益天平向着历史上最受压迫的族群倾斜，而社会中间那部分"夹层"就成了爹不疼娘不爱的苦命孩子，甚至可以说，底层和中层在游戏中形成了零和博弈的关系，配额制度的受益者正是从中层手中拿走了蛋糕。《起跑线》中的服装店老板就是典型：有点钱但没有社会地位，又无法享受到属于底层的配额，前不着村后不着店，长此以往，中间夹层自然愤愤不平。

近年来，印度发生的几起暴力骚乱事件均与此有关。2015年，印度总理莫迪的老家古吉拉特邦爆发骚乱，参与者正是属于工商阶层的帕特尔人，帕特尔在历史上属于刹帝利高种姓，但他们揭竿而起的诉求却是要求邦政府将他们列入"其他落后阶层"，自然，这是为了获得政府部门和大学中的配额。2017年，首都新德里附近的哈里亚纳邦爆发的严重骚乱也如出一辙，抗议主体是相对富裕的贾特种姓。别看"种姓鄙视链"依然根深蒂固，在实际利益面前大家可一点儿也不含糊。

其次，配额制度无法"精准扶贫"。随着印度经济发展，种姓与财富并不存在必然联系。"表列种姓、表列部落和其他落后阶层"也并非铁板一块，他们之中相对富裕的那部分人事实上已经不符合需要社会特殊照顾的条件，却更容易凭借自己的资源获得更多好处，这部分人被称作 creamy layer（中文译作"奶盖族"比较形象)。印度政府意识到了这个问题,并出台了限制措施,其他落后阶层中凡家庭年收入总和达到一定标准者,将被视作"奶盖族",不得再享受配额权利。1993年这一标准是10万卢比(约合人民币1万元),2017年则达到150万卢比,但这一条款只适用于其他落后阶层,不适用于表列种姓和表列部落。可以说,配额制度具有滞后性,其中也存在较大的权力寻租空间。

第三,在印度"喧哗并骚动"的政治大背景下,配额制度在某种程度上已成为政治工具。尽管1992年印度最高法院裁定,配额席位不得超过50%,超过这一比率将侵害社会公平,看似为配额制度戴上了紧箍咒,实则未然。一些地方邦政府的实际操作公然与最高法院的裁定相龃龉,如在地方政治势力强势的泰米尔纳德邦,种姓配额就高达69%。在马哈拉施特拉邦,高校系统的配额则高达73%。

政客们对低种姓人群如此青睐,最重要的考虑就是这一群体的巨大人口基数是实打实的"选举票仓",尤其在大选的年份,政客们为了争取选票甚至不惜激化民间对立情绪,刻意炒作族群议题,强化族群身份。这种技法不仅地方政党如此,全国性政党也玩儿得很溜。2019年上半年,印度人民院大选在即,目前,执政党印人党已经摩拳擦掌要打"种姓牌"。2018年9月初,议会人民院无视最高法院决议,通过了表列种姓和表列部落修正案。根据修正案,调查人员无须申请任何官方许可,就可以逮捕对表列种姓和表列部落"施暴"的嫌犯。决议一出,高种姓一片哗然抗议。此事虽与配额制度无关，但政客如何利用部族主义取悦大众可见一斑。

从本质上来讲，配额制度是在一个资源相对匮乏的社会里，使用政治手段从分配端对资源进行调节，但不能从根本上化解僧多粥少的现实矛盾，使看上去消除歧视的手段产生了新的歧视，看上去维护公平的政策制造了新的不公。正如在电影中，按照父母社会地位高低决定子女是否入学是不公；拉吉女儿的素质可能优于穷人的孩子却不能入学也是不公；但如果穷人的孩子永远没有入学机会，则必然形成阶层固化，更是不公。

一个社会难以做到绝对公平，如何在程序公平和结果公平之间取得平衡，取决于不同阶层的互动和博弈，配额制度恰恰就是这样一个动态结构。它和印度民主度具有相似的特征，嘈杂喧嚣又多彩多元，看似奇葩迭出，仔细想想，混乱之中又颇有道理。这大概就是印度社会的魅力所在。

第四辑

短歌行

桑奇佛塔

细雨停息，万物的语言浮出表面
佛塔屏住呼吸
拥住圣人的骸骨静静燃烧
凝固的雕塑苏醒重新投入周而复始的流动
大象迈开步伐，芒果树散发的芳香
令瘦削的僧人眼中放出留恋的柔光

时间过得太久了
佛祖已在异教徒的手中失去头颅
手臂，指尖，曾打动世人的教法
甚至坟墓也失去了肉身的重量
一个千里迢迢的旅人只能
在残损的砖石中找到似有似无的隐喻

附近的小镇不会察觉到这种遗憾
他们在日复一日低头的温柔的生活中
获得了完整的轮廓和教诲
哦，那些温柔的牛群，发黑的雨水
顺着集市上村民的头发流下来
那些穿着旧制服的守门人
兜售木质佛像和夜明珠的小贩
靠着日复一日的朝圣维持衣食
浑然不觉手心里长出完美的菩提树叶

一只孔雀走出来，停在枯树上
像寓言的产生慢慢走向云层深处
直到剪影嵌入黄昏的枝丫，完全投入自身
此刻我的孤独和它的孤独相逢
无处不在的风和沉默是我们的表达
我和它，和远处说话的人群
像三根安静的蜡烛被佛塔轻轻点亮

与动物同行

  在印度工作的两年时间里，我去过一些城市，街头巷尾，常可以看到千姿百态的动物，虽不是奇珍异兽，却给城市带来别样的生机和灵动。

  首都新德里植被茂盛，树木成荫，即使在路边，也有"小鸟时来啄食，人至不去"的可爱景象，或是松鼠抱着果子，沿着树干哧溜哧溜跑动。晨昏时刻，天空鹰群翔集，只要是有树木的地方，就有各种鸟儿啼鸣聒噪，那不是"鸟鸣山更幽"的清寂，而是叽叽喳喳，热气腾腾，如鼎沸的多声部合唱团，汇合成一片"鸟籁"。每当我走进鸟声的喧腾之中，便情不自禁感到大自然的使者正向我吐露密码，一声啼叫就是一个楔形文字般的符号，它们此起彼伏，波光粼粼，连成通往无限的海洋。我的心中半是惊喜，半是遗憾，假如我能破译鸟儿的语言，我将会获得多少飞来飞去的故事，多少浑然天成的音乐，多少余音袅袅的咏叹。

  在印度街头，最常见的大型动物当然首推神牛。传说中，印度教有三大主神：湿婆、毗湿奴和梵天。湿婆掌管毁灭和再生，

◆ 新德里洛迪公园是观鸟胜地

◆ 鸟群飞过斋普尔旧城上空

最为人敬畏尊崇。湿婆神的坐骑是一头名叫南迪的白色瘤牛，它最明显的特征就是背部有一大块隆起的肉瘤。南迪还是湿婆最忠实的信徒和护法，因此信徒若要供奉湿婆，必先寻求南迪的祝福。所以牛便成了湿婆在人间的倾听使者，尤其背部有肉瘤者，更在印度教徒心中享有崇高地位。无论走到印度哪一座城市，都可以见到神牛在街上或闲庭信步，或细嚼慢咽，如果不留神走到了街心，车辆都得减速慢行，等待神牛气定神闲地甩着尾巴经过。

牛在印度的崇高地位也能从历史和文化角度找寻到答案。千百年来，农业一直是南亚次大陆最重要的生产部门，而牛在农耕社会中有不可替代的重要地位。牛终日在田间地头劳作，一生都在奉献和给予，对盛行素食的印度教徒而言，从呱呱坠地到白发耄耋，牛奶是最重要的蛋白质来源。牛任劳任怨，几乎不要回报，无欲无求，似乎来到世间只为一心完成劳作和奉献的使命。牛的精神契合了印度教文化中对苦行的推崇，即将内心的和谐愉悦、人类的生存尊严建立在苦修和给予之上，无怪乎能成为"神牛"了。

狗也是城市中的常客。大约是因为天气炎热，狗既不吠叫，也很少走动，多数只是静静趴在地上思考梦境和生活。公园里，情侣躺在草坪上甜言蜜语，两米开外必定躺着一只四脚朝天的狗，眯着眼睛，半睡半醒，对人类的爱情不屑一顾，此情此景，滑稽之中又颇有兴味。

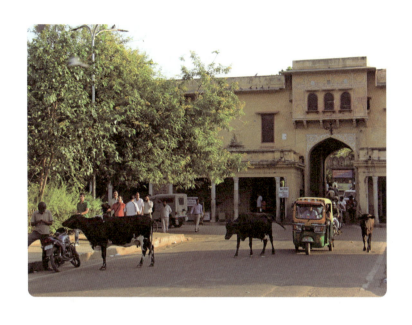

◆ 神牛：老哥，快让我看看你的手机

在德里市中心的康诺德广场，鳞次栉比的商店门口，总是躺卧着懒洋洋的狗。有一次我慕名去一家纱丽店，不料店门正中，一条大黄狗睡梦正酣。店主见我害怕，便拿脚亲昵地蹭蹭大狗，吆喝几声，大狗不为所动，伸了个懒腰，换个姿势继续睡。店主也有耐心，开始用印地语跟狗交流思想，我虽不懂，但大概能猜出："哥们儿你挡住顾客了，我还怎么做生意，要不挪挪？"大狗似乎听懂了，摇摇晃晃地爬起来，睡眼惺忪，刚走几步，又在橱窗外重新躺倒，继续做大梦。店主对协商结果十分满意，笑容可掬地打开门："女士，这下放心进来吧！"

猴子颇具高傲之气，它们仿佛继承了《罗摩衍那》里神猴哈奴曼的灵性，大多时候都喜欢独立墙头，高高在上。无论是在阿格拉的红堡，还是在占西的奥恰古堡，都能看到它们的身影。访问阿格拉莫卧儿王朝红堡时，正值日暮时分，残阳如血，一群猴子默默无言地站在城墙上，夕阳、古墙、猴子的剪影构成一幅苍凉遒劲的图画。潮打空城，王朝迭代，英雄与战戈已消失在历史深处，但这些猴子却像是忠诚的护卫，始终守候着逝去王权的尊严。

不过若是为了美食，猴神偶尔也会纡尊降贵，下临凡尘。我的一位同事去蔬果店买了一串香蕉，拿在手里喜滋滋地走出店门，说时迟那时快，一只猴子从树梢上"嗖"地蹿下来，稳稳抓住香蕉一把抢去，他还没回过神来，猴子已经又爬上树心满意足地尝起美味了，还朝他甩了甩长长的尾巴。同事惊魂未定，又好

◆ 阿格拉红堡墙头的猴子家族

气又好笑，却也无可奈何，只能下次采购时将香蕉装入不透明购物袋，防止劫匪再次作案。在我居住的地方附近，有一个露天公用的水龙头，常有猴子拧开水龙头喝水解渴，完了还会再把水龙头关上，令人忍俊不禁，灵长类兄弟，果然名不虚传。

印度教神话里有一位人身象头的象头神迦内什，是湿婆神和雪山女神的儿子，掌管财富和智慧，还负责清除障碍，无论人们有现实困难还是精神困惑，都可以来向迦内什求助，堪称印度教诸神中的"110"。印度人在迦内什的形象中，寄予了对大象的深深喜爱。

古希腊的阿里安在《亚历山大远征记》中描述了古印度人驯服大象的过程，其中一个细节颇为有趣：印度人将捕获的大象带回村里，喂它们树叶和青草，但大象心里很难受，什么都不愿意吃，印度人便围成一圈，敲锣打鼓又唱歌，哄它们睡觉。

在南亚次大陆数千年各种族、各王国间的战争中，大象一直是重要的作战坐骑，许多古堡城门上安装着粗大的锥形铁钉，就是为了防止大象进攻。如今在工艺品店，大象木雕、大理石摆件和带有大象图案的披肩依然受到印度国内外游客的欢迎。

各类动物能在城市中生存下去，最重要的原因是普通民众对动物怀有友善的态度。我曾见过一位印度老人，家境并不富裕，然而隔三岔五便买香蕉喂猴子。我问他为何要这样做，他笑着摊摊手："和朋友分享食物。"农贸市场卖甜食的小贩，经常拿边角料喂狗，人吃啥狗吃啥，真正是众生平等、欢喜无尽，看着狗吃

◆ 在旅游胜地斋普尔，游客可以骑彩绘大象去往琥珀宫

得不亦乐乎，他也笑眯眯地拍拍肚子。据我观察，甜食小贩附近徘徊的狗普遍胖一圈，可能有"三高"风险。甚至有的印度人在家中捉到老鼠和小强，也不会就地正法，而是拿到屋外放生，完全没有"灭四害"一说。耆那教将不许杀生的训诫推行到极致，飞虫蚊蝇都不能杀害，我以为那不过是宗教的理想境界，真正在现实中目睹践行者，不禁十分诧异。

印度人为何对待动物如此深情？当然和宗教有关，印度教每一位大神都以动物为坐骑，那神与动物的联结又是如何形成的呢？对于这个问题，真正让我恍然大悟的，是偶然读到的一首旁遮普民歌，唱给小宝宝听的摇篮曲①。

布谷哪里睡着了，小乖乖？睡在石头河岸里，
蜥蜴哪里晒太阳？岸上猴子哪里玩游戏？
孔雀哪里睡着了，小乖乖？睡在青青草丛里，
豹子晚上哪里嗷嗷叫？吓得鹦鹉唧唧唧。

孔雀孔雀喝什么，小乖乖？奶油谁的杯里装，
要是一个不注意，就被孔雀全喝光。
布谷布谷喝什么，小乖乖？牛奶谁的锅里装，
快去看好你的锅，别让小贼都喝光。

---

① 原文为旁遮普语，作者转译自英语。

布谷布谷吃什么，小乖乖？所有所有好糖果，

玫瑰糖球好大个，银箔香料外面裹。

孔雀孔雀吃什么，小乖乖？一天到晚吃糖果，

歌儿已经唱完了，乖乖已经睡着了。

不是神按自己的形象造人，而是人按照自己的形象造了神。南亚次大陆自古以来天气炎热，生灵繁盛，印度人从呱呱落地那天起，动物就伴随着他的成长、睡梦，伴随他对宇宙、神灵的终极想象。动物不是被人类征服的兽类，也不是卑微取宠的玩物，和人类一样，是自然的存在，是村庄和城市的居民，是人们并不富足的生活中温情脉脉的慰藉。万物生灵，莫不有情，印度人对生命的敬畏和善意都包含在对动物的爱里。

"五月斯螽动股，六月莎鸡振羽，七月在野，八月在宇，九月在户，十月蟋蟀入我床下。"想起《诗经》中描写的先民生活，不禁感慨，在古代，我们的祖先也曾与动物有过这样亲密无间的关系。夏天蟋蟀在田间自由叫唤，天气凉了，它们便爬到人类的床下，借火取暖。而这个人呢，也并不觉得家里进了虫子有何不妥，什么要清洁卫生啦，半夜吵得睡不着觉啦，都是经过文明进化的后世子孙才会遇到的麻烦。他与床下的小小活物只是一种单纯的陪伴关系，借此排遣宇宙洪荒、天地辽阔的孤独感。连忧国忧民、终日严肃脸的杜甫先生，也写过"自去自来堂上燕，

相亲相近水中鸥"这样清丽的句子，他对家国时局的沉重忧思，也曾因为一只轻盈起飞的燕子获得短暂的遁隐。可惜工业文明进程打破了这种圆融自适的天然状态，自诩为万物灵长的我们，离大自然越来越远，也离动物越来越远，也就不可避免地沉陷于孤独。印度常令我啧啧称奇，其中一点就是印度人与自然还保持着非常紧密的联系，即使在大城市，他们依然可以与动物进行畅通无碍的对话。

诗人里尔克在《杜伊诺哀歌》中怅惋人类的命运，其中几句这样写道："自由的动物/始终将自己的衰亡留在身后/前方有上帝，他若行走/则走进永恒。"在里尔克看来，面对生存之悲哀，机敏的动物反而更得神灵眷顾，它们洞察一切，却依旧默默无言，它们更早在自由的行走中获得了永恒。离开印度后，每当回忆起动物们或机敏、或天真、或温顺、或怡然的眼神，我的心里总会充满感动。

恒河源头的瑜伽圣城

　　世界上大概没有哪条河流能像恒河这样，被信徒赋予如此深沉的宗教感情。印度独立后第一位总理尼赫鲁在其离世的10年前就留下遗言，希望死后自己的一撮骨灰能撒入恒河，他满含深情地写道："恒河是印度之河，是她人民之所钟，在她周围交织着她种族的记忆、希望与恐惧、欢欣之歌、成功与失败。她是印度悠久文化和文明的象征，瞬息万变、永远流淌却又始终如一。"这是生之河、死之河、救赎和轮回之河，一个印度教徒一生的意义，就是为了最终归化到这条河流之中。恒河圣城瓦拉纳西天下闻名，在恒河上游，还有一座深刻影响着印度人精神生活的城市——瑜伽圣城瑞诗凯诗（Rishikesh）。

　　瑞诗凯诗坐落在雄伟的喜马拉雅山脉入口处，三面环山，神圣的恒河从山间蜿蜒流过，奔向北印平原。传说当圣人瑞希·雷比亚（Rishi Raibhya）在此苦修时，毗湿奴出现在他面前，并赐名"瑞诗凯诗"，在印地语中，意为"神之感觉"，中文译名亦神形俱佳，实在可与"翡冷翠""枫丹白露"媲美。从地理到命

◆ 新德里尼赫鲁博物馆墙壁上镌刻着尼赫鲁遗言

名，瑞诗凯诗生来就与神有千丝万缕的联系，神灵将美好的梦幻倾注到了这座城市中，或者说，人们相信这座城市接近于宗教理想，是神灵之梦的世俗呈现。

小城被恒河一分为二，河水汤汤，河上有两座铁索悬桥：一座是罗摩桥，得名于印度神话《罗摩衍那》中那位大名鼎鼎的英雄；一座是罗什曼那索桥，传说罗摩的弟弟罗什曼那曾经在这里渡过恒河。两座兄弟桥遥遥相望，似乎昭示着英雄间的相惜相守仍矢志不渝。走过铁索桥，便可以进入老城，桥不仅串联起外围与中心，更连接着神话与现实、历史与现代。

铁索桥上，熙熙攘攘，人与人摩肩接踵，骑摩托车的小青年笑嘻嘻地从人堆缝里钻过去，推搡声、嚣嚷声、鸣笛声、马达轰鸣声……我的耳膜开始鼓胀，同伴也被滚滚不断的人流挤得不见了踪影，我顿时大汗淋漓，心焦地四下找寻，却在拥挤之中怎么也迈不开步子。忽然，前方传来一阵"哞哞"的低沉声音，原来神牛也来过桥了，它似乎在向我温柔又无奈地叹息："别着急，慢慢来！这里是印度嘛，哞——"我忍不住对着它笑起来。

进入老城，三岔路口的交会处立着一尊俊美的湿婆神像，湿婆面含微笑，脖颈上盘绕着一条眼镜蛇，耳戴硕大的金耳环，在他的前额上，第三只眼睛炯炯有神。在他的照看下，神牛悠闲地甩着尾巴进城了。这里相当于欧洲城市的市政广场，四周分散开去的街道上是鳞次栉比、沿山路而建的小店。这是一座古旧的城，低沉的铺面、被风吹日晒侵蚀的招牌、临街而立的小贩、逼

◆ 湿婆和他的子民

仄的石子路、空气里湿漉漉的味道……似乎都带有千百年的记忆，但又散发出轻快的世俗气氛。

穿过商业区，街道便安静下来，路上的瑜伽广告渐渐多起来，道旁绿树成荫，树木深处遍是各式各样的瑜伽学院。"瑜伽"在梵语中原意是"连接"，通过身体的练习使人接近神的精神状态，强身健体当然是目标之一，但最终落脚点还是精神证悟与解脱。千百年来，数位瑜伽大师和圣人居住于此，瑞诗凯诗遂成为瑜伽修行圣地，是印度著名的"瑜伽之都"。

瑞诗凯诗真正名声大噪，或者说在西方世界扬名则是因为英国摇滚乐队披头士（Beatles）曾于1968年在其印度精神导师马哈里士（Maharishi Mahesh Yogi）的带领下来此灵修。60年代，披头士的成员乔治·哈里森开始跟随印度传统乐器大师拉维·香卡（Ravi Shankar）学习印度西塔琴，印度乐器散发出来的馥郁、神秘的气氛吸引了乐队成员，他们对印度的兴趣渐渐由音乐扩展到哲学。事实上，当时"垮掉的一代"普遍感受到精神幻灭，乐队遂带着他们的妻子、女友、朋友来到此地，试图从东方哲学中寻求心灵的安慰和解脱。这段时间成为披头士创作的旺盛期，约翰·列侬曾说，乐队在印度旅行期间创作了30多首歌。

但很快，大家发现马哈里士似乎"更热衷于公开场合、庆典和金钱"，甚至对一些女性修习者动手动脚，这引起了披头士的不满和愤怒，乐队成员遂先后离开印度。事后约翰·列侬实在是气不过，写了一首《性感萨迪》（*Sexy Sadie*）来讽刺马哈里士，

开头便是"性感萨迪你做了些什么/你戏弄了每个人"。（Sexy Sa-
die what have you done/You made a fool of everyone.）但
到了90年代，哈里森又公开为马哈里士正名，宣称大师试图侵
犯女士之说纯属无稽之谈，为自己的行为向大师道歉。

马哈里士本质上究竟是什么样的人呢？是打着精神导师幌子
的骗子？还是披头士终究无法跨越东西方的文化鸿沟，无法真正
理解印度灵修导师的精神世界？高深莫测的学说到底是人生真
谛，还是为利益张目的道具？或许这是缠绕在所有印度灵修大师
身上的谜团。近年来，诸位大师屡屡爆出性侵、敛财等丑闻，灵
修之说的暧昧和尴尬也正在于此，这些学说玄之又玄，雾里看
花，且心诚则灵，没有有效的评判系统测定真伪，导致骗子与大
师仅有一墙之隔。

傍晚时分，天上升起一弯淡淡的月亮，整座小城沐浴在清凉
和宁静之中，似乎裹上了一层宗教的哀愁。我去观看了小城的古
老传统仪式：恒河夜祭。在恒河岸边，当地妇女早早地采集了鲜
花做成小花灯，兜售给前来观看仪式的游客，将这些花灯放入水
中，可以祈福许愿。有一个卖花灯的姑娘模样很美，皮肤黝黑，
但眼神黯淡无光，生活的沉重过早消磨了她对生活的盼望和
幻想。

仪式开始了，到祭祀中心区观看的游客，需要脱去鞋袜，赤
脚沿台阶走到河边，以表达对神的敬意。祭司在河边吟唱曼陀
罗，随后点起火把，举行祭祀仪式。天色暗下去，恒河边晚霞渐

渐消失，天际只剩下最后一抹惨淡的酡色，绚烂完全沉入静穆。河中小洲葱茏的绿树变成黑黝黝的幽魅剪影。

卖花灯的姑娘仍然坐在岸边，等待最后一批可能出现的顾客，星星点点的火光在她瞳孔里跳动。对我而言，观看仪式更多出于新鲜猎奇，也许我永远无法真正理解他们的神对于他们的意义。但在这样一种古老的困顿的生活面前，神会以何种方式显示奇迹？抑或永远无动于衷？抑或古老的神本身，就是沉重现实的一部分？

第二天清晨，我和导游在恒河之滨散步，远远望见喜马拉雅山脉南麓在依稀云雾中透露出秀美的轮廓，微风清明，朝阳甫出，河面金光粼粼，这时我才看清，恒河之水在这个河段尚非常清澈，还未来得及遭受滚滚红尘的沾染。不断有三三两两的印度人到河边沐浴，还有身着纱丽的妇女带着牛奶和花环献祭。此时正是这座小城最安和宁静的时刻。

忽然，导游停下脚步，抬头朝路边树上说话。原来，茂密的树叶后坐着两个十四五岁的少年，他们看上去很摩登，穿着瘦长的牛仔裤，头发染成黄色，不过说话的时候露出洁白的牙齿，显出稚气未脱的样子。他们互相说着我听不懂的话，发出一阵爽朗的笑声，从树上抛下几个青色的果子，扔到导游手上。导游眨着眼睛递给我："他们看到你，想送两个果子给你。"

我心里很感动："我应该怎么感谢他们呢？"

"哦，不用不用，完全是小孩子的一点儿心意。"导游把青果

◆ 卖花灯的姑娘（左图）

◆ 祭祀的人们（右图）

放到我手上，"小城市的孩子，见到外国人总是觉得很新鲜。"

　　树上的男孩像迅捷的鸟儿，"嗖"一声藏到密叶之后，只有一串轻盈的笑声抛掷出来。我想起小时候在我的家乡第一次看到外国人时又期待又害羞的心情，他们陌生的容貌和语言，为我的小小世界带来一束意外的光。在那束光里，我见到遥远的山水的投影，我渴望去到外面的世界，见识外面的缤纷多彩。

　　恒河流水汤汤，但古老的小城会迎来新的黎明，树上的少年会有新的未来和命运。我手里握着两个青色的果子，朝树上的少年挥挥手，心里怀着对他们的祝福。

　　我慕神灵之名而来，但最终让我难以忘怀的，不是缥缈的神灵，不是玄妙的学说，而是那些拥有实实在在的悲喜的人们。神会老去，但一代又一代的人们依然年轻。

◆ 树上的少年

桑奇：佛陀的柔弱与伟大

　　汽车驶入博帕尔——印度中部中央邦的首府城市。雨过天晴，一望无垠的湖泊碧波荡漾，湖上的乌云露出发亮的金边，道路两旁，绿树在微风中轻拂，仿佛正在向来往行人依依致意。我心里有点儿诧异：和想象的有点不太一样。

　　博帕尔这个名字是与灾难联系在一起的。1984年12月，博帕尔发生了人类历史上最严重的工业化学事故，美国联合碳化物公司下属的联合碳化物（印度）有限公司在此地的农药厂发生氰化物泄漏，当地超过50万人直接暴露在毒气中。关于死难者数据说法不一，中央邦官方认定有3700多人直接死亡，但一些独立组织认为直接致死人数在1.6万人以上，58万人受到不同程度的影响。事后，联合碳化物公司向印度政府支付的赔偿金远远低于要求的赔偿金额，时至今日，很多受害者一分钱也没有拿到。

　　酒店大堂的角落里，孤零零放置着一个"为博帕尔受害者祈祷"的募捐箱，像是一个隐喻：一段绝望的历史屹立在渐渐被人淡忘的角落阴影里。

　　第二天，我去了桑奇，距离博帕尔40多公里的一个小村庄。天下着蒙蒙细雨，出了城，沿途都是黝黑瘦弱的小村镇，人烟越来越稀少，汽车在坑坑洼洼的乡间小路上蜿蜒前进，偶尔有几个身形瘦削的农民在雨中慢慢走着，雨中草木越见葱茏，就越显得他们的背影寂寥、单薄，透露出亘古未变的味道来。两个多小时后，路边出现了购票站，我才知道已经到了。

　　桑奇（Sanchi）遗址距今已有约2300年的历史，是世界上现存最古老的佛教圣地之一。其中，1号大塔为公元前3世纪阿育王所建，是半球形的佛塔"窣堵坡"（Stupa），塔中存放着佛祖舍利。阿育王是古印度孔雀王朝第三任国君，一生四处征伐，统一南亚次大陆，煊赫一时，何其盛也，成为印度历史上影响力无与伦比的一代王者。晚年他却幡然醒悟，笃信佛法，据传在全国各地共兴建了八万四千座奉祀佛骨的佛舍利塔，选择桑奇是因为这里是他的爱妻戴维的出生地，也是他们的订婚之地。

　　孔雀王朝之后，继而兴起的巽伽王朝不仅扩建了1号大塔的规模，还修建了2号和3号大塔。安得拉王朝兴起之后，又陆续建造了南、北、东、西四座砂石的塔门牌坊。每座牌坊由三道横梁和两根立柱构成，并饰以惟妙惟肖的浮雕，浮雕内容多为佛本生故事和佛传故事，以及阿育王建立佛塔、战争、动物、精灵传说等。此外，还有石柱、僧院等遗址，构成了庞大而丰富的佛教建筑群。

　　佛陀的本生故事是人类历史上最柔和动人的篇章之一。佛陀

◆ 1号大塔北门（上图）

◆ 残垣断壁，不复盛景（下图）

原名乔达摩·悉达多，是古印度迦毗罗卫国释迦族的王子。他出身王室，地位尊贵，却能敏感于天地间细微之物、卑微之人的苦痛。王子曾游于田野，见所有耕作之人，在烈日下赤身辛勤，犁牛疲顿不堪，却被人鞭挞抽打，耕犁之下，昆虫蠕动，鸟儿便飞来啄食。王子看到世间众生互相吞食，心里不禁生起无限之同情与无限之悲痛。娶妻生子后，他步出四门之外，目睹"生、老、病、死"四苦，遂决定抛弃尘世间的一切，出家为僧。

记得求学时，第一次在宗教哲学课上看见佛本生故事的图画，画的正是佛陀别家的一幕：心意已决的王子望着熟睡的妻儿，露出澄明的微笑，小小妻儿仿佛两支美好谦逊的蜡烛，散发玫瑰色的柔光，映照在王子的脸上，王子脸上呈现出在世间最后一抹胭脂色，往后他那张俊美的脸上将是冷清之色，甚至枯槁、寂灭。我心中如击，第一次感受到佛如何与一个世间的普通人心意相通。

对我而言，佛陀故事最有情味之处，就在于释迦王子在成为佛陀之前，拥有普通人的心怀和感受力。释迦王子可亲可爱，他全然良善，而忧愁、困惑、留恋又如同出自平常人心，在某种程度上，他非神，而是近于怀有柔情的圣人。他即使在成为佛陀之后，也会流露出打动人心的痛苦精神。

《阿含经》载，波斯流离王是释迦族外戚，少时曾在释迦族受辱，怀恨在心，继位后兴兵讨伐释迦族。前两次佛陀皆坐在道中，劝退军队，到第三次佛陀认为"业熟受报，不可夺也"，遂未加制止。等到释迦族被灭后，佛方说捕鱼本事：过去此城中有渔村，村民皆捕鱼为食，村中有八岁小儿，也不捕鱼，但见鱼儿被捕，欢喜而笑（一说曾拿木槌敲打鱼头）。渔民于轮回中为释迦族，鱼则化为兵燹报前世杀戮之仇，那名欢喜而笑的小儿便是佛陀本人。释迦族被灭之日，佛祖头痛，业相报也。

即使是佛陀，也要在业报轮回之中遭受因果律的支配，在这一点上，他并非全知全能，也并不掩饰自身的衰弱和苦痛，而近乎人的难兄难弟。

随着佛教逐渐在印度式微，佛教建筑也在千年历史中蒙难。桑奇地处偏僻，所以如此大规模的古老佛教建筑群可以历经千年，但仍然难以完全免除其他宗教的破坏。雨脚渐渐细密，我看见一些失去头颅或手臂的佛像坐在雨中，静静流淌的雨水令人想起泪水，于无声中诉说着惊心动魄的往事……

我脑中一些场景挥之不去：异教徒砍断佛像的头颅，毒气静静渗入受害者的内脏，这其中似乎有什么相似之处？这其中必然有相似之处，由佛陀与人间共同承受的苦难，在细雨中形成了一种共通的忧伤的诉说。环顾四周，只有零星几个游人，时值盛夏，不远处却有一棵枯树，一只孔雀坐在树枝上，一动不动，似乎若有所思，它那凝神屏息的样子与静穆的天色构成了一幅意味深长的剪影。

回程路上经过许多普通村镇，它们在细雨的滋润下更显得温柔。经过一个集市时，因为神牛乱入街道，堵车了，我默默打量

◆ 失去头颅的佛像（上图）

◆ 细雨中若有所思的孔雀（下图）

四周，看见车窗外一个年轻人蹲在路边，面前摆着一摊蔫头耷脑的蔬菜，过了好一会儿也无人问津，他自己似乎也知道，可能卖不出去了，便伸手摸摸伏在自己脚边的狗，仿佛是同病相怜，朝它絮絮说着什么，露出温柔的笑容。

　　我忽然心生感动。在苦难与绝望面前，人别无选择，唯一的道路就是延续脆弱而伟大的生命。车开动了，我想也许我此生都不会再见到这个年轻人，但我不会忘记他，在他那个温柔的动作里，我看到了众生的坚韧。

结缘中国的海滨明珠

在印度西南海岸，有一座与中国结缘颇深的城市，这就是被誉为"阿拉伯海上王后"的科钦（Cochin）。

科钦旧称柯枝，地处印度半岛西南角，面朝阿拉伯海，由于其得天独厚的地理优势，自 14 世纪起就是印度西海岸的香料商贸中心。郑和七次下西洋，有六次到了柯枝。多次随郑和下西洋的翻译官马欢在归国后写了一本书，名曰《瀛涯胜览》，"瀛"者，大海也，书名意为海外游览见闻，如果放在今天，马欢先生大概是一名出境观光达人。书中"柯枝国"专列一章，详细记载了这个海滨国度的风土人情。如当时的国王信奉佛教，"每日侵晨，则鸣钟击鼓，汲井水，于佛顶浇之再三，众皆罗拜而退"。当地居民以椰子树建造房屋，"民居之屋，用椰子木起造，用椰子叶编成片如草苫样盖之，雨不能漏"。

在马欢的记述中，尤其有趣的是，当时的社会阶层分为五等：一等叫作"南昆"，属王族类；二等"回回"，三等"哲地"，皆是有钱财主；四等"革令"，皆牙侩；最贫贱的五等"木瓜"，他们不仅生活贫苦，做着辛劳、下等的工作，在仪制、礼仪方面还受到重重限制，"房檐高不过三尺，高者有罪，其穿衣上不过脐，下不过膝，其出于途，如遇南昆、哲地人，即伏于地，候过即起而行"。《瀛涯胜览》对社会等级秩序的描写与古代印度社会种姓制度非常吻合。

这本书不仅对研究古代中外交流史意义非凡，更重要的是，印度人没有著史的传统，古往今来，神话传说代代相授，人世历史则湮没无闻，如今要依靠中国朋友的记载考证史实，《瀛涯胜览》是现存最早记载科钦历史的书籍，对重建南印历史有不可替代的作用。

《明史·卷三百二十六·列传第二百十四·外国七》中详细记载了明王朝与柯枝国交往的历史，郑和数次出使该国，柯枝国王亦遣使入贡。"（永乐）十年，郑和再使其国，连二岁入贡。其使者请赐印诰，封其国中之山。帝遣郑和赍印赐其王，因撰碑文，命勒石山上。"如今，勒石的碑文早已不知所终，但郑和带来的中国渔网，经历了六百多年的风雨，依然在海边伫立。

在某种程度上，中国渔网已经成为科钦的旅游名片，并且一如既往为当地人使用，是岸边人家世代相传的安身立命之本。我在海边漫步，遇见一些正在打鱼的当地渔民。闲聊之中，他们说，过去科钦港两岸的中国渔网有五六十具，因为台风暴雨和年久失修，这些年报废了不少，现在只有三十多具了。以前他们经营渔网，还要向当地政府交一些税，现在不用了，渔网为私人所

◆ 屹立百年的中国渔网

有，几家人一起凑点钱，一起经营，日常维护需要花些钱，捕鱼所得就按出资比例均摊，挣的都是辛苦钱。

我在岸边观察了一会儿，网与网的间距不远，抬网的间隔则很长，渔民们费了好大力气把渔网抬上来，但所获不多，有时只有十几条瘦小的鱼虾。我问渔夫，靠这些够维持生计吗？一位老渔夫笑道，运气好差不多能凑合吧，要是运气不好，又碰上维护渔网花钱多的年份，可能就会赔本了。他须发花白，脸晒得黢黑，身上散发出一种海水的腥味。

郑和的船队帆影离去未久，欧洲的航海大发现接踵而至。1503年，葡萄牙殖民者占领科钦，这是欧洲人在印度建立的第一个殖民地。殖民者在当地建立了许多教堂，如著名的圣弗朗西斯大教堂。第一位抵达印度的欧洲探险家达•伽马，死后就葬在这里，直到1539年，遗骸才归葬葡萄牙。至今，科钦仍处处可见殖民者留下的痕迹，基督教徒占喀拉拉邦总人口的18%，是该邦第三大宗教信仰族群。

科钦一直处在对外交往的前沿，思想包容开化，商业氛围浓厚，至今仍是印度最重视发展商业的地区之一。坐在船上游览科钦港，在中国渔网对岸，隔着碧波荡漾的海水的就是科钦新城，高楼大厦拔地而起，建筑外观铮亮光鲜，一座崛起的新城市洋洋洒洒地铺开活力和抱负，我恍然以为自己来到了深圳。只是当我的眼光重新落到衰旧的中国渔网时，心中不禁有一丝怅然。不同于殖民者的强行文化输入，中国渔网是成人之美的"授人以渔",是不同文化间的馈赠和友谊延续,即使这种古老的劳动方式在今天已略显笨拙,然而它象征的友好精神却有深刻的内涵,理应焕发更多的光彩。

科钦与中国的第二重缘分,在其所在的喀拉拉邦,它是印度少有的由共产党执政的地方。

印度共产党成立于上世纪20年代,曾是相当有实力的老牌共产党,但60年代因为意识形态分歧,从中分裂出印度共产党(马克思主义)[以下简称印共(马)],自此元气大伤,影响大不如前。上世纪30年代,在反抗英国的斗争中,由于农民和工人的踊跃加入,喀拉拉涌现出一支强有力的左翼力量,共产党的群众基础和左翼传统较好。印共(马)分家以后,便以喀拉拉为根基,注重与左翼政党联盟合作,成为喀拉拉政坛最重要的政治力量之一。2016年的议会选举中,印共(马)领导的左翼联盟再次胜选,喀拉拉至今仍是共产党执政。

有意思的是,考虑到印度的国情民情,印共(马)在党员宗教信仰问题上做了一些变通,不要求党员放弃原有宗教信仰,也不禁止其以个人身份出席宗教活动。

科钦最让我感到迷人之处在于,比起印度的其他城市,它算得上相当"西化",却又保留了厚重的传统文化,依然富有东方悠远宁静的韵味。

这里最有名的景点是回水(Backwater)。所谓回水,是指靠近海岸一带的咸水潟湖和淡水湖泊,它们连通河流和运河,组成了纵横交错的水上网络。在水道之间，城镇、乡村、民居散落其间，两岸椰林婆娑，风景优美如画，科钦亦因此被美国《国家地理》杂志评为人生必去的50个地点之一。

我去的那天正是夏日，雨水将至，天色阴沉。租一条当地的船屋，漂流在水面之上。船屋分为两层，游客坐在上面一层饱览胜景，船工则在下面一层煎鱼。墨云在天边聚集变幻，椰林在风中轻轻摇摆，俄而一阵急雨滚滚落下，我不禁想起苏轼诗句，"黑云翻墨未遮山，白雨跳珠乱入船"，在异国他乡，与千年前的古人神交，心中不禁感到奇异。两岸是古朴的当地人家，屋子掩映在绿树之中，静默无言，一点儿也没有因为暴雨变得张皇，反倒更有安和之态。

很快雨停了，天边出现金色的日光，水面波光粼粼，船工的鱼也煎好了，我端上船头。这是渔民早上刚捞上岸的鱼儿，简单煎一煎，再浇一点儿当地的辣椒酱汁，味至简而鲜美。吃完饭，继续看水、看树、看天边，三三两两的渔家妇女在岸边洗衣服，一整天悠远无言，安宁静谧，这一幕是我在印度最美丽的回忆之一。

晚上，我来到旧城剧院观看当地的卡塔卡利舞剧。在梵语中，"卡塔卡利"意为"讲故事的表演艺术"，即通过舞剧的形式讲述印度传统经典故事，演员在表演过程中无台词念白，仅靠身体动作、表情等传情达意，尤其需要借助眼珠的转动和眼神的变化，因此，表演者得长着一双聪慧、闪亮的大眼睛才行。

◆ 暴雨甫停，椰林与渔船恢复平静（上图）

◆ 椰林婆娑的傍晚（下图）

演出前，主要演员就坐在舞台上化妆，他们一点一点把彩色颜料涂上脸庞，坦然让观众目睹整个入戏的过程，他们如何由俗世中人变为神话中人，让这个"伪装"的过程也成为表演的一部分。早来的观众都兴致勃勃地看着，演员便坐在台上冲我们笑了一下，眼神十分超然，人生如戏，戏如人生，何须明辨！

表演分为两部分。第一部分算是暖场，美丽的舞者身着白色滚金边的传统舞衣，在台上仅用眼睛和手势表达喜悦、愤怒、惊恐、紧张等各种不同的情绪，眉目传情，惟妙惟肖，李渔说"媚态之在人身，犹火之有焰，灯之有光，珠贝金银之有宝色"，是之谓也！

第二部分上演的是《罗摩衍那》中的故事。罗摩被父王流放到森林之中，他的妻子不离不弃，弟弟罗什曼那也执意陪伴兄嫂去森林。魔王罗波那的妹妹首哩薄那迦来到弹宅迦林，爱上了罗摩。罗摩不为所动，转而把她介绍给罗什曼那。罗什曼那一怒之下便割掉了她的鼻子和耳朵。整个剧下来，两名赤裸上身的乐师站在台边击鼓伴奏，并伴着悠远的哼鸣，流光溢彩的服饰来回交织，演员的眼睛中勾闪着魅惑的光，我似乎轻轻飞起，被带入了馥郁深远的古印度时期。

走出剧院，天已经完全黑了，舞台上的光影完全融入夜色中，有些大梦初醒的感觉。天空又下起了丝丝小雨，我和同伴走在旧城的街道上，恍然看到前方一位清瘦的白衣少年，浑身上下的白色棉布衣服是当地的传统服饰。他打着伞，徐徐走在巷子

◆ 身着传统舞衣的大眼姑娘（上图）

◆ 化妆的演员（下图）

里，那缓缓的步子里又散发出刚刚我坐在台下闻到的、馥郁而深远的味道。

当我即将离开科钦前往机场时，出租车司机特意绕道，说要带我看一个好地方。隔着高架桥，他指着对面一片宏伟的建筑骄傲地说："那是露露购物中心（Lulu Mall），是一个之前在沙特做生意的印度人回到科钦投资兴建的，它是全印度最大的购物中心！"我扬起头张望，一座气势磅礴的摩天大楼出现在眼前，巨型广告牌俯瞰着脚下来往的车流。我不知怎的，又想起那位在巷子中穿白衣的少年来。他将目睹传统与现代在这座城市激动人心的相遇，他将和这座城市一样，在痛苦与兴奋中裂变、成长，亲历一个又一个的不眠之夜和一场又一场的温柔细雨。

探寻绿野深处的斑斓

果阿的第一印象，是扑面而来的绿。

飞机从德里起飞，向西南经过两个多小时的航程开始下行，身心还沉浸在北印的炎热干燥之中，但俯瞰这块宝地，宛如　匹深深浅浅的绿色锦缎张开怀抱，纵横交错的河流、湖泊、洼地又为她增添了灵动的韵致，令人神清气爽。其时七月，正当雨季，慷慨的季风从阿拉伯海带来丰沛的雨水，此时暴雨甫停，树杪流泉，刚刚接受完大自然洗礼与馈赠的万物折射着阳光的华彩。那挺拔的是椰树，绵延的是藤蔓，幽深的是密林，浅淡的是幼苗初发的水田。从机场到住地，我就像误入绿野仙踪的童话世界，努力辨认着这些绿色生灵的名字和气质。

道路十分狭窄，双向单车道，要是两辆大车迎面而来，错车时就需要高超的技巧。小路逶迤消失在密林深处，似乎暗示这座城的怀抱更多敞向自然而非现代化。

令人惊喜的是，不时有掩映在绿色深处的斑斓色彩跃动而出。红顶白墙的建筑保留着葡萄牙殖民时代的建筑风情，蓝色阳台送来不远处海洋的气息，兀然耸立的橘红色印度教神庙又幽默地提醒着此地的文化根脉。色彩的多元与统一是果阿文化融合的象征。

在印度史诗文学《摩诃婆罗多》中，果阿原名"果瓦拉施特拉"，意为"牧牛者之地"。16 世纪，随着地理大发现，葡萄牙殖民者在印度洋沿岸四处寻觅，发现这块风水宝地。由于葡人的发音近似于"果阿"，这一叫法遂沿用至今。1510 年，葡萄牙舰队司令阿方索·德·阿尔布克尔克攻占果阿旧城，果阿成为葡属印度的首府。这位阿方索将军为印度带来了令人痛苦和恐惧的炮火，但也带来了一种芒果，这就是今天印度最知名的芒果品种——阿方索。

在葡萄牙殖民帝国全盛时期，果阿是其在东方的行政和军事据点。葡人当年选中此地，是因其以内河为屏障，内河外小山耸立，小山外即是汪洋大海，从海上只见小山，不见内河和堡垒，陆地上的殖民者进退自如。葡人的船队从里斯本起航，满载欧洲生产的时钟、水晶、玻璃、葡萄酒、羊毛制品等，沿好望角—果阿—马六甲海峡至澳门，沿途转卖，最后换回东方的丝绸、瓷器、香料等运回欧洲，获取暴利。得益于贸易枢纽地位，16 世纪的果阿一度繁华异常，据说能与伦敦和巴黎一争高下。但人来船往间，欧洲大陆的黑死病也悄然而至，为这上帝眷顾之地带来灭顶之灾。如今在果阿旧港，一条小径通往当年熙来攘往的岸口，透过椰林遥望海洋在不远处起伏，遥想葡人舳舻千里，流血

◆ 果阿港远眺

漂橹，旧城男女老幼6000余人几乎死光，殖民者的贪婪野心、平民的悲喊啼哭、商人的挥金如土，都遁入海潮的回环往复之中。

伴随贸易来临的还有天主教，果阿也成为天主教的东方传教基地，辐射范围从好望角直到日本。最初前往东方的传教士之一、西班牙人沙勿略（St.Francis Xavier）与这座城市结下了不解之缘。沙氏16世纪来果阿传教，后去往日本，在日本他了解到日本文化源于中国，遂决意前往中国，屡屡受阻后病死于澳门附近，遗体安放于松木制成的灵柩并被运回果阿，右手圣髑现存放在罗马教区，左手圣髑先是供奉在日本，后转至澳门圣若瑟修院及圣堂。据说，沙氏遗体在未用任何防腐药剂情况下至今未腐，果阿旧城仁慈耶稣教堂（Basilica of Bom Jesus）每隔10年开放其遗体供公众瞻仰，为果阿全城之盛事。

在一次公众瞻仰仪式中，一名疯狂的女信徒将圣人的大脚趾咬下，这个脚趾便存放在教堂内的一个银质圣箱里。这件逸事被英国印裔作家萨尔曼·拉什迪移花接木，写进了小说《午夜之子》里，主人公家中的女佣调包刚出生的婴儿，真相大白后，羞赧的女佣回到果阿老家，发了疯，于是咬下了圣人脚趾。小说亦真亦幻，与现实对接得天衣无缝。

今天，果阿的教堂和修道院作为世界文化遗产吸引着世界各地成千上万名游客，尤其每年12月沙氏逝世纪念瞻礼期间，天主教徒、穆斯林、印度教徒会一起前来朝拜，毫无信仰区别之芥蒂，实属难得。

我在果阿住了10多天，深深感受到果阿人对世俗生活的满意。果阿有太多"第一"和"唯一"：识字率近90%，为全印最高；邦面积最小，但人均GDP第一，老百姓安居乐业，藏富于民；全印唯一博彩业合法化之地；生活幸福指数最高……这些光环与果阿人开放包容的心态形成了良性循环。

我居住的酒店并非五星级，但靠近海边，干净整洁，一幢幢两层小屋铺开散落在花木草丛中，毫无大城市紧凑压抑的氛围，整个酒店就像一座充满野趣的花园。晚上散步，月色溶溶，海水温柔地拍打岸边发出呢喃细语，高大的椰林在夜空的映衬下更添了疏朗之气，鸣虫伏在草丛里发出静谧的声响，风轻轻吹着，不知名的花香幽入心脾，隐隐听见酒店大堂里载歌载舞，人们的欢声笑语从远处飘来，像一块纱从我身上轻轻滑落。

有时候，我被这世俗欢乐的气氛打动，忍不住跑去热闹热闹。酒店每晚聘请乐手在大堂唱歌，由于外国游客多，曲目多是奥斯卡怀旧歌曲，如《斯卡堡集市》《此情可待》等等，客人就在歌声中翩翩起舞。有一次，一个身着碧蓝、橘红纱丽的老太太还叫我跳印度舞，她说她家在孟买，现在儿孙已经长大，她和老先生每年都会来果阿度假。我也毫不吝惜对这座城市的喜爱和赞美，老太太很高兴，朝我眨眨眼睛："那你可以去城里，看看马里奥的画。"说着说着，乐手居然把前台管账的大姐忽悠过来唱歌，大姐每天和我们打交道，只知道她热情大方，没想到法文歌也唱得很好，大家一边拍手一边笑，沉醉在温热的晚风里。

第二天，我便叫上司机，驶入城中寻找马里奥。谁知，果阿城小道深巷，交叉纵横，窄路又多为单行道，看着谷歌地图也晕乎乎的，司机绕来绕去，领着我们在几条巷子里来回打转，愣是找不到。一筹莫展时，我逮住路边一个溜达的大叔，问他是否知道哪里可以买到马里奥的画，大叔二话没说，跳上他的小黄汽车说，跟我来！开了几公里就把我们带到了目的地，我心里真是比小黄车还温暖。

在印度葡裔画家马里奥（Mario de Miranda）笔下，果阿生活洋溢着欢乐温情的市井气息：小巷里年轻人抱着吉他纵情高歌；父亲顶着盛满芒果的竹筐走向雀跃的女儿；埋葬了死者，送葬的队伍便来到小酒馆觥筹交错；也许凝神观察，还能听到一曲混合葡式和印式风情的小调。我越看越喜欢，终于明白孟买老太太为何要我来寻马里奥。他的画笔超越不同文化的藩篱，真正是无问东西，而深入人类共通的温情地带，探索童年记忆、青春的回声、生与死令人心碎又幽默的联系。这正是果阿的迷人之处，不同的文化在这里各得其所，相安无事，皆大欢喜。

果阿曾承担了殖民史的黑暗与残暴，但历史再沉重也需走向和解。漫步果阿城中，西方的背包客与身着纱丽的印度妇女擦身而过，耶稣圣像前摆放着印度教祭祀专用的橘红色花串，令人欣慰，也令人深思。尤其在西方世界排外情绪日益高涨的今天，果阿这一抹灵动的葱绿提醒我们：除了隔绝的高墙，世界还有另一种可能。

◆ 欢乐的果阿生活（马里奥绘，上图）

◆ 耶稣圣像前摆放着印度教祭祀专用的花串（下图）

第五辑

有所思

独居印度

让身体的河停止流动
我坐在岸边看见倒影
像阔别多年的旧友
和它返回内心的千山万水

像采集泉水
说过的话都要收回
像蜕壳的蝉
从悔恨之事中全身而退

当奏鸣曲的一个音符经过长久的等待
砰然跳入我切开青木瓜的节奏中
当书页中的月亮变得更大更饱满
一瞬间谜底向我敞开，我打开自己
迎接他们奋力挖掘出的惊喜和苦难
沉默，隐忍的沉默中汇聚了所有声音

此刻尘世的瑕疵比羽毛还轻
我的房间等同于宇宙
我爱的人和物体在其间穿行
一片花瓣落下的力量
也会让它轻轻颤抖

李安电影中的印度文化精神

　　华人导演李安熟谙东西方文化，其作品中人物常常站在文化冲突的边缘审视人生的困境。李安的"文化好奇心"兼收并蓄，除我们熟悉的中西文化外，印度文化也是其视域里的重要板块。印度文化神秘深邃、绚丽多彩，但对许多人而言十分陌生，初看电影时，我总是不解其意。及至从印度归来，略解一二，回头再品味电影中的细节，两相揣摩，互为生发，才发现其中趣味。《色·戒》《少年派的奇幻漂流》《比利·林恩的中场战事》三部电影中或多或少出现了印度元素，而它们又恰好对应了印度社会在世俗、宗教、哲学三个领域中的鲜明特性。

《色·戒》：繁缛明艳的世俗审美

　　易先生心中动情，给了王佳芝一个信封，让她前往信封上的地址。镜头扫过上海租界一家店铺Chandni Chowk Jewellery，王佳芝心下疑惑，担心身份暴露，去了店里才发现易先生要给自己定做钻戒，心中百感交集。Chandni Chowk 是印地语英文转写，译为"月光集市"。哦，原来这枚惹出祸事的"鸽子蛋"是印度人做的！

1638 年，莫卧儿王朝第五位皇帝沙贾汗（即修建泰姬陵、"给死神戴上永不凋谢的王冠"的那位君王）将都城从阿格拉迁往德里，在今旧德里修筑红堡作为宫殿，沙贾汗最钟爱的女儿贾纳拉则在红堡边上设计了月光集市。据说，月光集市曾由不同水道穿行而过，每到夜晚，集市内波光粼粼，月色遥映。也有说集市以银饰闻名，"银"在印地语中亦称"Chandni"，故双关称为"月光集市"。月光集市名字美则美矣，经过几百年沧桑，如今已成为印度最古老最拥挤的集市之一，狭窄的巷道内，各类商铺作坊混杂其中，披肩、珠宝、手工艺品、街头小吃应有尽有，往来熙攘，人声鼎沸，喜爱者眼中它保留着印度最真切的平民文化和最原始的生活面貌，排斥者则认为它是印式脏乱差的集大成。

印度人对珠宝首饰的爱是沉淀在血液里的。古印度哈拉帕文明出土的女性雕像便佩戴着精致的珠宝，可谓珠宝与文明一直相生相伴。对印度人而言，黄金和宝石不仅是财富地位的象征，更具有神秘莫测的能量，能改变人的运势和生命力。审美风格则崇尚繁复夸张，宝莱坞的美人出场，必定是佩环叮当，珠翠满身。英国印裔作家基兰·德赛在《继承失落的人》中描写一位痴迷珠宝的印度女人初次去美国，因为佩戴太多首饰引得机场安检仪器轰鸣，令人解颐。如今，印度钻石切割工艺已成为行业翘楚，全球市面上用于珠宝饰品的钻石80%以上在印度切割和抛光，印度西部城市苏拉特更是全球最大的钻石切割和抛光中心。

珠宝是印式审美的集中体现，必要轰轰烈烈、鲜艳夺目，将每个元素的存在感发挥到极致。体现在服饰，纱丽大红大绿、明黄宝蓝，每一块色彩都呼之欲出，热烈地炫耀自我。体现在食物，几乎每一道印餐里都有十种以上香料，要把人的味蕾刺激到极限。甚至体现在语言，在英国人到来之前，历史上南亚次大陆从来没有完全统一过，幅员较广的王朝也仅短暂存在，绝大多数时候王国林立，各说各话。印度独立至今，"语言建邦"仍是一股不可小觑的政治势头，现各邦邦级官方语言就有22种，尚在使用的民间语言则有800多种。

《宋高僧传》说"秦人好略""天竺好繁"，将中印两国的审美和思维差异说得很准。当然，任何群体中都会有个体差异，但总体而言，中国文化崇尚简洁、神韵和统一，所以乾隆皇帝的"花式审美"今天会遭到网友的无情嘲笑，而印度文化则崇尚繁缛华丽。

初入印度时，这种风格让我难以忍受，五颜六色的纱丽穿上去真是像热带鱼呢，马萨拉的奇异味道令舌尖崩溃。但习惯了视觉和味觉的喧腾，倒是觉得别有滋味，甚至觉得印度美人轮廓分明的脸庞、大如铜铃的眼睛非得有层出不穷的珠宝和色彩来衬托不可。再看神牛在购物大街上闲逛，恒河中既有沐浴的信众又有焚烧的浮尸，也觉得这是可以接受的生活方式。印度之美，正是在于种种看似矛盾之物激烈碰撞之后的奇妙共存。

《少年派的奇幻漂流》：虔诚执着的神祇信仰

少年派的故事，表面上是在讲一个少年在成长过程中纯真的丧失，遭遇海难、为饥饿和恐惧所迫的少年为了活命不得不学会杀戮，不得不与心中的猛虎搏斗。当他用斧头砍杀那条美丽的鱼，霎时间与鱼目对视而失声痛哭，他连连道歉："对不起，对不起……"蓄意杀人与蓄意杀死一条美丽的鱼，在少年派看来，都是一样的恶。时过数年，这一幕仍然令我心有恻恻。

故事的内质则是人如何与神相处。在电影开头，少年派被多种宗教同时吸引，觉得都有点儿道理。漂流在海上，变幻莫测的大海犹如神的胸怀，水中生物在夜的俯瞰下散发幽光，灿若星辰。派在风暴中狂喜神的无边力量，呼唤暴雨来得更猛烈些，又俯身哀哭神夺走了他的一切。神究竟在哪里？神将他送到死的边缘，又一次次给他启示，将他拉回，放回手心。这些苦难有何意义？既然神将我遗弃，我是否也该背弃他的教导？神是否仅是一个空虚的符号？这是陀思妥耶夫斯基式的天问，人类永远得不到答案。电影末尾，中年的派依然笃信神灵，严格吃素，餐前虔诚祈祷，俨为慈父，深爱家庭。在人性与兽性间屡屡挣扎之后，兽性遁入林间，也许一去不返，也许有朝一日还会回来，只是隐身某处，伺机而动。也正是有这些挣扎，信仰才更显出复杂和丰厚。信神，实在是因为无法沦为恶的奴仆，实在是因为别无选择。人无法揣度神（如果有的话）的意旨，也无法违抗命运，只能追随神葆有人本身的尊严。

李安将故事的起点放置在印度实在是聪明，或者可以说，没有比印度更适合这个故事的了。梁漱溟说，"世界宗教之奇盛与最进步未有过于印度之土者"。这个国家有贫民窟中睁着黑色眼睛的儿童、迫于债务不得不自杀的农民、冬天冻死街头的流浪汉，却造出了最金碧辉煌、纤尘不染的庙宇。印度没有留下系统的历史典籍，印度教却拥有最庞大的诸神体系。不同的神灵，神灵的妻儿，神灵在不同时代的不同化身，妻儿的化身，组成了一个千变万化、琳琅炫目的神话世界，故有"三亿三千万神"之说。如众生的保护之神毗湿奴，既化身为《罗摩衍那》的英雄主人公罗摩，又为《薄伽梵歌》中般度国王子阿周那的御者克里希纳，又为佛教创始人释迦牟尼，还是救世的野猪、鱼和人狮等等。印度教之外，伊斯兰教、耆那教、基督教、琐罗亚斯德教、佛教也各有影响。可以说，印度人将他们的财富、历史、思索、想象全部融入了对神的塑造和献礼中。

印度宗教之盛，自然影响到他们的现世追求。命运已然铸就，个人奋斗也没有什么意义了，不如多祈祷下辈子当个婆罗门，现在还是去躺一会儿吧。这种思想在现实生活中的体现，就是做事普遍拖沓散漫。在印度期间，有一次同事和我请印度人吃晚餐，到了约定时间，对方说"十分钟后到"，结果我们等了整整一个小时。这种事屡屡发生，我便疑心命运往复、生生世世的观念造就了印度人对现世时间的模糊感知，他们自然也就难以精确到分秒。为患尤甚者，宗教导致的人们对现实苦难的冷漠和麻木，成为阻挡社会前进的麻醉剂。阿米尔·汗曾在电影《我的个神啊》中，借外星人之眼展示印度社会沉迷于宗教的种种怪现状，又风趣又不失现实的沉重，很值得一看。

印度最丰富的艺术作品，就是那些献给神灵的殿堂、雕像、壁画、舞蹈。在埃罗拉石窟间流连时，那与连片山脉融为一体的石窟神像美得令我陶醉，但回到城市中，破败街道上乞丐无神的眼睛又让我陷入深思。

《比利·林恩的中场战事》：深邃幽微的哲学思辨

初入伊拉克战场的美国新兵比利·林恩望着沙漠、战壕、奄奄一息的树木、无处不在的恐怖分子，感到自己完全被真实的生活所抛弃。上尉坐在树下读书，读的是《薄伽梵歌》。

《薄伽梵歌》节选于印度两大史诗之一《摩诃婆罗多》。《摩诃婆罗多》讲俱卢家族的两兄弟，持国和般度的后代，为争夺王位进行战斗，最终导致俱卢之野大战。阿周那是般度的王子，俱卢大战前，他望着滚滚战场，不免为手足相残感到哀恸，不禁生出却战之意。此时，他的御者、毗湿奴的化身克里希纳和他进行了一番关于自我与命运的精深对话，这是《摩诃婆罗多》最精华的部分，即《薄伽梵歌》。

克里希纳对阿周那的劝说集印度哲学之精华：唯有肉体才会死亡，永恒的自我是不朽的，不生不灭，因此杀戮也就不是杀戮。但不从事任何事业也不能达到无为之境，应该以刹帝利的责任和正义感，勇敢承担起战争的责任。参加战斗，但不可执着于结果。梵遍布一切，人永远在祭祀之中，也就必须依顺于神，顺应达摩。

这是自我与自我源源不断的辩论。上尉坐在树下，犹如千年前的苦行僧，他预知、说出并接受了自己的命运，包括后来他死在战场的结局。而作为英雄回到美国"中场休息"的比利再次感到被生活抛弃。民众爱英雄，他所中意的女孩也爱的是英雄，没有人愿意理解他们在战场上经受的一切，也不会接受他们真正的自我。休假结束后，比利选择了再次回到战场，"像一个刹帝利那样"。

一位朋友曾对我说，印度气候酷热，人便容易神思倦怠，进而滋生厌世之感，轻物质而重精神，轻现世而重玄想。印度文明在儿童时代就显示出高度思辨的特征。吠陀经典处处是对生命本质的追问，最早的佛经动辄数十万甚至数百万言，连篇累牍地阐述繁芜的哲学思想。公元8世纪，婆罗门教吠檀多派的集大成者商羯罗认为世界的本源是梵，梵是超越时空和因果、绝对、永恒的意识，万物依梵而生，人要获得解脱就是亲证梵与我的同一，"梵我如一"，即"吠檀多不二论"。梵我哲学将自我与宇宙的永恒本体融合，所以探求自我也就和探求宇宙终极真理相通，实现个体灵魂与宇宙灵魂的统一才是人生的终极目标。西方文化将人的救赎指向神的庇佑，中国文化将人伦关系作为经世处事的第一要务，印度文化却将终极解脱指向自身。

理解了这层观念，才有可能理解印度文化。如甘地认为真理是最高实在和绝对认识，个人只能通过良心对真理进行亲证，正是在这个意义上甘地将非暴力运动称为"坚持真理运动"，非暴力的思想基础和最终目的也是维持个人与宇宙实体相统一。又如著名电影《宝莱坞生死恋》论情节是个俗套的故事，青梅竹马的恋人因父母反对而分离，男主人公遂堕落酗酒，最终客死。中国观众可能无法理解，男主人公出身高贵，相貌堂堂，还是留学伦敦的海归，天涯何处无芳草，但其实质却是在探讨个人灵魂的解脱问题。这也是宝莱坞能屹立于世界影坛的根本原因，不仅通过歌舞表现民族特色，敢于触碰现实主义题材，更重要的是承袭了传统文化思想深度。

或许有人会说，既然只有超验的实体才永恒不变，一切经验的事物都是变动不居的，也是不值得追求的，那为何印度人还崇尚世俗审美的繁盛呢？为何还要创造气势恢宏的宗教艺术呢？这些难道不是转瞬即逝的梦幻泡影吗？这的确是矛盾的，正如印度教会同时衍生出绝对苦行和纵欲的不同流派，极化与矛盾，本身也是印度文化的奇异之处。

印度文化像一个深邃的万花筒，且与中华文化和西方文化相比自成体系，难以进入，初入者以已有尺度观之，难免会觉得不可思议。经过一两年观察和思索，或许会收获浮光掠影的印象片段，能够开始理解其中逻辑。得其要领如李安者，便会从中受到深厚的滋养。愿更多人对印度产生好奇和兴趣，去探索我们这个既相近又遥远、既熟悉又陌生的邻国。

两首摇篮曲的故事

　　电影《少年派的奇幻漂流》伊始，是一段女声哼唱的摇篮曲，这首曲子旋律优美，充满宁静与喜悦，我十分喜欢，仔细研究一番，发现它背后还有一段有趣的故事。

　　《少年派的摇篮曲》（*Pi's Lullaby*）是典型的南印度古典音乐。南印度古典音乐源于卡纳塔克邦，故称为卡纳提克（Carnatic）音乐，其特点是注重人声。摇篮曲由卡纳提克音乐代表人物孟买·佳耶诗利（Bombay Jayashri）作词和演唱，大意为：

> 亲爱的宝贝我眼中的珍宝
>
> 快睡吧我珍爱的宝贝
>
> 你是孔雀还是它美丽的羽毛？
>
> 你是布谷还是啾啾的鸟叫？
>
> 你是月亮还是月光？
>
> 你是眼睑还是它包裹的睡梦？

你是花朵还是花蜜？

你是果实还是果实中的甘甜？ ①

　　这首歌随着电影的传播在世界闻名，随后便有人批评佳耶诗利不过是将19世纪宫廷诗人、音乐家达姆比（Irayimman Thampi）的一首马拉雅姆语②诗剪裁翻译为泰米尔语，虽不是直接抄袭，倒也不见得光彩。那达姆比的诗又是怎么一回事呢？故事还得从200多年前说起。

　　特拉凡哥尔（Travancore）王国是南印度土邦，从16世纪起，统治今印度喀拉拉邦和泰米尔纳德邦南部地区，都城位于喀拉拉邦特里凡得琅。在英国殖民时期，特拉凡哥尔成为英国的附庸国，但保持一定的独立性，1949年并入印度。

　　19世纪初，特拉凡哥尔王国正面临英国殖民者的威胁，执政女王古瑞·拉克西米·芭依（Gowri Lakshmi Bayi）膝下仅有一女。1813年，女王诞下王子斯瓦迪·蒂鲁纳尔·罗摩·瓦尔马（Swathi Thirunal Rama Varma），这个宁馨儿的降临为王国上下带来了无限希望，他不仅象征着新生命的喜悦，更寄托了人们对家势国运的祈祷。王子甫一出生便即位为王，尊称斯瓦迪·蒂鲁纳尔摩诃罗阇（Maharajah Swathi Thirunal，Maharajah意

---

① 歌词原文为泰米尔语，作者转译自英文。

② Malayalam，印度西南部沿海居民讲的一种接近泰米尔语的方言。

为"最高统治者"），女王成为摄政太后。为避免与英国殖民者正面冲撞，在国王4岁时，女王委托东印度公司代表照管年幼的国王，共理朝政。在双方实力悬殊背景下，这种抉择既属无奈，也具有审时度势的政治智慧。

瓦尔马是特拉凡哥尔王国史上学识最渊博的国王之一，他精通马拉雅拉姆语、梵语、印地语、英语、波斯语等近10门语言，还是一名杰出的作曲家，一生谱写了400多首具有浓郁民族风格的歌曲。瓦尔马思想颇得西方风气之先，在推动医药、立法、教育、印刷近代化方面成就卓著，王国在其治下文艺兴盛，文教景明。1834年，瓦尔马在特里凡得琅成立王国第一所英文学校——摩诃罗阇自由学校，是今喀拉拉大学摩诃罗阇学院前身，随后，英文学校在王国内遍地开花。

瓦尔马儒雅多才，若是一名普通人，可谓近乎完美，但真正爱好文艺之人，心灵必定柔软多情，而这与君主身份是完全相悖的。一名君主更需要雄鹰般的锐利、老虎般的凶猛、磐石般的坚硬，他可以有爱好，但他的温柔必定要为严酷让路，文艺情怀必定要服从政治需要。瓦尔马有一颗过于柔软的心灵，他励精图治，却难以在政治斗争中救赎自己，任命的将军权倾朝野，盛气凌主，姐姐、父亲、妻子、孩子又相继离世，带给他致命打击，这些折磨一天天损蚀了他的身体。1846年，年仅33岁的瓦尔马便离开了人世。

美国歌手麦克林在献给凡·高的歌中写道，"如你般美丽之人，不适合这个世界"（this world was never meant for one as beautiful as you），这句话用以形容瓦尔马也很是贴切。我相信瓦尔马终身都在艺术世界与现实世界中逡巡挣扎，他何其有幸，能在艺术之美中得到深沉的慰藉，但也何其不幸，正是在艺术世界的关照下，现实世界的残酷才显得更加不可接受。瓦尔马出生时，达姆比为他写下这首华美的诗，似乎那一刻便已注定他一生要从艺术中承受祝福和不幸。

> 这熟睡的婴儿
>
> 是明亮的新月，或迷人的莲花？
>
> 是花中之蜜，或满月之光华？
>
> 纯粹的珊瑚，或鹦鹉的悦耳啾鸣？
>
> 翩翩起舞的孔雀，或歌声甜美的鸟儿？
>
> 欢欣雀跃的小鹿，或散发光芒的天鹅？
>
> 上帝赐予的珍宝，或伊斯瓦里手中的小鹦鹉？
>
> 许愿树①上的嫩叶，或我幸运树上的果实？
>
> 装满我献给爱人的珠宝的金匣？
>
> 我眼中的蜜，或驱散黑暗的光？
>
> 我渐隆声誉的种子，或永不褪色的珍珠？
>
> 是驱散所有不幸晦色的太阳光辉？

---

① kalpa tree。

◆ 瓦尔马像，英俊的面庞流露出一丝忧郁

盒中的吠陀经，或悠扬的七弦琴？

我喜悦之树粗壮枝头上的可爱花朵？

一簇素馨花蕾，或舌尖的蜜糖？

麝香的芬芳，或一切善行的节拍？

充盈花朵馨香的微风，或最纯粹金子的精华？

一碗新鲜牛奶，或香甜的玫瑰水？

全部美德所钟，或全部责任所在？

一杯解渴的冰水，或荫庇的树荫？

永不凋零的茉莉花①，或我独有的财富？

我凝视中的幸运儿，或我最珍贵的珠宝？

善与美的溪流，或克里希纳的英姿形象？

拉克西米女神光亮的前额？

它如此美妙，是克里希纳的化身吗？

帕德马纳巴保佑，它是我未来全部幸福的源泉吗？②

　　这首诗极尽文藻，即使翻译为英语，再转译为汉语，那绚烂繁复、光亮华丽的特质也并未褪去。意象并非简单的形象堆砌，而是指向深厚的宗教和文化渊源。如诗中出现的几个印度教神祇，男性的伊斯瓦拉（Ishvara）和女性的伊斯瓦里（Ishvari）

----

① mallika。

② 原诗为马拉雅拉姆语，作者转译自英文。

是一切能量的源泉，后者代表女性和母亲的终极力量；克里希纳
（Krishna）是维护之神毗湿奴的化身，其妻拉克西米（Laksh-mi）为掌管财富、幸运之神；帕德马纳巴（Padmanabha）是特拉凡哥尔王室的守护神。又如 kalpa tree 是印度神话中的许愿树，mallika 是印度大茉莉，据说湿婆神的笑声便化为 mal-lika，mallika 常出现在梵语文学中，成为象征纯洁与永恒的文化符号。

印度人深谙生老病死世间种种苦，印度文化推崇苦行，素有"苦感文化"之称，但越是有苦的底色，写起幸福来越是纯粹深邃。诗的字里行间延亘着绵绵不绝的欢乐，仿佛要将次大陆上所有美好的事物一一奉献，上至无所不能的神灵，下至一滴鲜美的蜜水，想象中一切能发亮之物、世间之美，倾囊相授，不可断绝。达姆比之诗写的不仅是祝福，更是印度人心中的完美宇宙。

两首诗在体例和意象上都有相似之处，但佳耶诗利断然否认改编一说，称《少年派的摇篮曲》是自己的灵感之作。纷争如何，观者自有定论，但佳耶诗利用一首现代演绎的优美歌曲将更多人带入印度瑰丽的历史和艺术之中，也是大功一件。

初次看《少年派的奇幻漂流》时，我对印度文化一无所知，仅能从故事情节中隐约领悟它在探索人性与神性的关系。及至在印度生活两年归来，对印度文化有了粗浅的感知和了解，才更明白李安的艺术抱负。李安融通中西文化，但他偏要跳出最熟悉、

最拿手的文化语境，只身探索自成一体的印度文化，且要从这个
视角出发试探人性的边界，真是"胆大包天"。李安对于印度
文化的喜爱与信任，在其诸多作品中均有体现，大约对于每一
个醉心艺术的人而言，印度文化的奇光异彩都具有难以抵御的
魔力。

印人小像

　　一千个人眼里有一千个印度人形象。但凡与印度人有过交集者，大抵都对他们爱恨交加，或怨其懒散拖拉，或慕其精神超远，或厌其狡黠善辩，或感其善良质朴。

　　这些小诗像一幅幅小素描，描绘了我在印度生活期间遭遇的平凡人。他们也许各有瑕疵，但可爱有趣，富有人情之美。在我离开印度以后，关于他们的回忆也常常带给我会心一笑。

——题记

一、门卫

萨米特先生，是世界上最有活力的门卫
听见鸣笛他就双脚如簧弹出来开门
唯恐迟到一秒耽误了您的心情
他拖着声音老远和来往的人打招呼
早上好！晚上好！吃了吗？

尤其在神的节日前几天

萨米特先生的问候暗示着债务

我需要拿出小费偿还

他眼神里的亲切和友好

但印度有四亿八千万个神呢

萨米特先生的殷勤连绵不断

只有一次，我看见他隔着门栏

接过妻子送来的晚饭

递出衣兜里的零钱

一句话也没说

疲倦的喜剧演员走下舞台

一口一口吞下黄昏的沉默

二、保险业务员

他迟到了，额头一排义正词严的汗珠：

天太热了！业务太多了！我尽力了！

他正打算对我露出一个

恰如其分的微笑

手机突然像被电击般尖叫起来

"抱歉，女士！我五分钟后就到。"

一个小时前他也是这么对我说的

哦，他是一个泰然自若的指挥

让此起彼伏的焦灼汇入自己的节奏

——你看，窗外菩提树上依然盛放着

千百年前的光

墙上停摆的挂钟永远指向六点半

世上的时间不会匀速前进

有的快有的慢

有的陷入昏睡

有的五分钟刚好等于有的一小时

三、汽车销售员

阿穆尔先生热情提议送货上门

他把我预定的新车洗得铮亮

系上蓝色丝带，还买来一束鲜花

像打扮第一次约会的圆脸少年

在最激动人心的时刻

慢慢驶入大门……

停止不动

（小圆脸临场忽然胆怯？）

阿穆尔先生却认为这是完美的表白

他像个欢快的媒人跳下车：

◆ 湿婆神书店老板露出印度人特有的自信

下午好，女士，汽车没油啦
您看，刚刚开到预定位置！

四、司机

我刚停好车，笑眯眯的神山先生
就捧着他圆圆的肚子
拿起水枪帮我冲刷起来：
德里的空气太脏了
还有生机勃勃的鸟粪随时从天而降
神山先生说起这些就像说他
三个吸溜溜的孩子
上次深夜代驾我付了他双倍钱
他眼睛发亮双手合十：
女士，你知道吗？我的名字意思是神山
像托付给我一个
比五百卢比更贵重的秘密
——那这次我也不好意思少给了
神山先生却说：我们是朋友！
哼着小曲头也不回地走了
我的钱包像惭愧的蜗牛缩回头
你的名字？抱歉我只记得神山了！

◆ 四位镜头感十足的翩翩少年

盖拉什！盖拉什就是神山！

五、珠宝商之子

小穆哈先生坐在墙角轻轻擦拭
戒指，珍珠项链，蓝宝石耳钉
他穿行在大自然最凝练的光里
每一种折射到瞳孔里的色泽
向他密语大地深处的奇景：
鸽血，猫眼，祖母绿
它们的名字已透露矿物的史诗
温柔的小穆哈先生沿着诗行的音节
走出老穆哈的讨价还价
和女人们被俘获的赞叹
变成热闹世界寂静的句点
有时候我去珠宝店是为了看他
像水仙花擦拭自己的倒影
像少年捧起心爱之人月光般的手指

诗歌回响在神的国度

——印度现当代诗歌一瞥

　　印度自古就是诗歌的王国。

　　约成书于公元前1500年至公元前1000年、吠陀经中影响最大的《梨俱吠陀》，是印度最早的诗歌总集。这是雅利安人进入印度次大陆后献给宇宙的神曲，雷神因陀罗、太阳神苏立耶、火神阿耆尼、黎明女神乌莎斯……在雅利安人眼中，自然现象无不蕴含雄浑壮美的伟力和激情，他们借助神灵颂诗吟唱生命的赞歌，表达澎湃的诗情。印度文化传统中两部最重要的神话典籍《摩诃婆罗多》和《罗摩衍那》亦是以诗体写就，这算得上是印度的《伊利亚特》和《奥德赛》，其中蕴含的经典故事，如俱卢之野大战、罗摩战胜魔王营救妻子悉多等成为后世诗人不断吟咏的母题。

　　在漫长的历史中，印度人没有留下完整的史书，却以漫卷诗歌，记录下千姿百态的社会生活和他们深邃繁复的哲学观。可以说，诗歌历来是印度古典文学中最重要的文学形式。

　　然而，当我们谈论起印度现当代诗歌，除了泰戈尔，似乎再没有第二个耳熟能详的名字。政治经济的不平等潜移默化地影响着文学的现状——尽管文学本身应该是最具民主精神和理想气质的——南亚、非洲等全球最不发达地区长期以来未能进入中国国内主流文学界的视域，加之国内普遍对印度文化的基本知识、印度社会的当前状况了解不多，中印文化交流整体处于若即若离的状态，在诗歌领域就更加隔膜。

在印度期间，偶然接触到一些现当代诗歌，我非常惊喜，顺藤摸瓜，愈见大观，其内容之丰富、思想之深邃、风格之多变、笔力之饱满，常令我激动不已，真有渔人误入桃花源，豁然开朗见洞天之感。

强烈的现实精神

印度现当代诗歌最动人心魄之处，在于它与现实的顽强搏斗。任何社会都会有社会矛盾，但印度社会矛盾的复杂多样和光怪陆离，常会使人瞠目结舌。宗教、族群、贫富、性别、种姓、语言、地域……这些矛盾层层叠加，使得现实本身就成为立体的、可触摸的诗歌。

纳姆迪奥·达索尔（Namdeo Dhasal，1949—2014）就是一位具有现实激情的诗人。他生于马哈拉施特拉邦浦那县的一个赤贫家庭，属于达利特（即"贱民"）种姓，童年时代在孟买一个红灯区度过。达索尔具有政治热情，1972年，效法美国黑豹党成立"达利特豹党"，主张达利特人以更加激进的方式争取权利。以马拉地语写作，1999年获得印度公民最高荣誉奖第四级的莲花士勋章，2004年获印度文学院终身成就奖。

在印度传统社会中，种姓是最重要的社会阶层形式，分为四大类：第一是神职人员婆罗门，第二是武士贵族刹帝利，第三是农牧民、工匠、商人阶层吠舍，第四是农民贫民首陀罗。一个人自出生起就属于某个种姓，必须按照种姓同族通婚、从事固定职业并遵守相应的社会仪式规范，可以说，在出生的那一刻，种姓就已决定了他的命运。在四大种姓之外还有不可接触者，即"贱民"，他们世代从事沉重、低下的工作，甚至不可与其他种姓人群共用井水，走路时要敲锣打鼓，提醒其他人回避，以免他们的"肮脏"污染其他人群。尽管印度宪法早已宣布"任何人不得因种姓、宗教、出生地而受歧视"，并废除不可接触制度，但作为文化传统的种姓制仍然深深影响着当代印度社会。

从身份上来说，达索尔既是政治家，又是诗人，为达利特人争取政治权利与诗歌创作是他的手心手背。达索尔使用达利特人独有的词汇和表达方式，展现达利特人独有的生活。《石匠、父亲和我》描写种姓的悲剧：我明知不应该重复父亲的人生，却依然别无选择地成为一名石匠。目睹父亲在劳动中受伤、死亡，我的命运也是继续挑起石头，并被石头砸得头破血流。诗人克制、凝固的语言中蕴藏着石头般沉重的悲痛和愤怒，生动再现了印度宪法起草、被誉为"贱民之父"的安贝德卡尔那个惊心动魄的比喻：印度社会是一座多层高塔，没有楼梯，没有入口，人人都必须在他的楼层里出生，在那里死去。

孟买，印度最知名的超级城市，在达索尔笔下却是一个光怪陆离的罪恶之城，这里的地下世界充满毒品窝点、妓院和贫民窟，皮条客、走私贩、狡猾的骗子、光鲜的政客穿行其间，危险、罪恶而又生机勃勃。《卡玛蒂普拉》描写红灯区华灯初上的夜晚，"当夜晚为新娘做好准备，伤口开始绽放/打开无尽的花朵的海洋/孔雀不停地跳舞和交配"。这里没有语言存在，没有神的救赎，只有无穷无尽、旋涡般的痛苦和欲望，人人排队等待品尝毒药的滋味。另一位印度当代诗人蒂利普·契特雷（Dilip Chitre）评论认为，"达索尔的诗作在当代马拉地语诗坛乃至印度诗坛的地位可比肩艾略特的《荒原》，并且，只有达利特人才能写出这样的诗"。

性别矛盾也是当代印度社会无法回避的症结。《经济学人》杂志2016年数据显示，印度妇女就业率仅为26%，超过半数妇女认为没有家人或丈夫的允许她们不能出门购物，甚至有52%的妇女认为女人私自出门遭受丈夫殴打是理所应当的。出行自由尚且不能保证，精神与表达自由更无从谈起。在这样的背景下，颇具勇气的女诗人库蒂·雷瓦蒂则以清晰优美的诗行直率地发出了女性的声音。

库蒂·雷瓦蒂（Kutti Revathi）1974年生于泰米尔纳德邦，以泰米尔语写作，善于描写女性细微的情感和身体体验。除诗人、编剧、文学杂志主编外，她还是一名研究泰米尔传统悉达医学的医生。泰米尔纳德邦位于印度东南部，是全印度寺庙最多的地方，宗教上较为狂热，文化上则独立保守。2002年，雷瓦蒂出版诗集《乳房》，书名就大胆表露其坚定的女性主义立场。诗集的出版不仅在文化界内引发轩然大波，更成为一项社会事件，许多人向她打骚扰电话、在报纸上恶意揣测她的道德和性生活，甚至对她发出人身威胁，号召公众烧书。

面对争议，雷瓦蒂表现出女性独有的坚韧和勇敢，她坚信感知首先源于身体，在男权中心话语遮蔽下，女性丧失了表达身体意识的权利，女性需要突破泰米尔文学的男权传统，为讲述女性生活和身体经验发掘更多可能性。"你的身体如此温柔；让我/想以许多手臂拥抱你"，这是她夏日思念爱人时柔软而炽烈的自白。《乳房》以赤诚的笔触，描写女性通过这一独特器官察觉自我、感知自我、体验自我的过程，既大胆又羞怯，既丰富又细腻。《灰鸟》中的身体语言更加大胆。在等待爱人的下午，寂静和漫长的时光中蕴含着焦灼，当激动的一刻终于来临，"负荷累累的乌云将卸下雨水""难以承受的欢愉""体内爆炸"既是情绪的喷发，又带有强烈的性暗示。

"诗歌需要对自我的无尽探询，对自我毁灭与再生的无尽循环……我使用我的语言，仅仅是为了给套在女性身体上的枷锁松绑。"雷瓦蒂的写作态度非常坚毅，对她而言，身体既是连接自身与世界的重要通道，也是为女性找回失落的自我与尊严的照明灯。

强烈的现实主义精神不是简单的表现、揭露和控诉，而是深入攫取现实中经久不衰的诗意。诗歌语言与现实正面相撞，在现实的高墙上爆发出活生生的内在能量。正如在罪恶之城卡玛蒂普拉的尽头，诗人仍然怀着期待，等待"淤泥中莲花绽放"。面对现实的苦难和无奈，诗歌可以是悲伤的、愤怒的、无奈的，但诗歌的内在能量却具备健康的光泽和质感。

斑斓的地域风貌

印度幅员辽阔，历史上，源源不断的外部民族通过北方的开伯尔山口进入南亚次大陆，雅利安人、波斯人、阿拉伯人、蒙古人、突厥人……多民族在这片土地上共生共存，但直到英国殖民者到来之前，这片广袤的土地从未完成过真正意义上的统一。版图较大的孔雀王朝、笈多王朝、莫卧儿王朝在鼎盛时期，也并未统一半岛最南端地区，更未在文化上推行"书同文、车同轨"的改制。每当强大的帝国昙花一现，走向没落或土崩瓦解，次大陆很快又再度形成土邦林立的局面，造就了今日各邦迥异的文化传统。

喀拉拉邦位于印度西南部沿海，是印度最富裕的邦之一，四季如春，草木丰茂，绿野纵横，河流交错，宛若世外桃源。然而在宁静祥和的风情画卷之下，底层人民的物质贫苦和精神无望依然是美丽大地上被压抑的幽灵。从殖民时期起，喀拉拉邦就是西方传教重镇，基督教成为印度教低种姓和"不可接触者"的救赎之道，而今根深蒂固的种姓文化依然存在，基督教徒更是面临宗教和种姓的双重歧视。印度女作家阿兰达蒂便是以喀拉拉乡村为背景，创作出小说《微物之神》，其所言及的"微物"，正是指喀拉拉邦社会文化中更容易被欺侮和歧视的那部分人群：离婚女人、儿童、不可接触者、基督教徒……他们也反复出现在诗人约瑟夫（S. Joseph）笔下。

《我姐姐的〈圣经〉》展示了底层人民的贫瘠生活：物质和精神上的双重贫瘠。诗人找到一个透视镜般的切入点，从一部《圣经》里窥见姐姐的一生，第一段中几乎每一句话都可以扩展成一首叙事诗，但诗人选择了紧凑和高强度的表达方式，使全诗简净有力。"教堂和寺庙"暗示姐姐同时接受了教堂和寺庙（印度教）的食物，透露姐姐的"信仰"其实是虚无的依托，生活太沉重了，姐姐托举不起来，需要将生活悬挂在一个宗教上，以便吃一口饭，透一口气，但姐姐并不能真正理解《旧约》、《新约》、地图、封皮的含义，神的光没有照到她身上。约瑟夫的诗有一种悲伤的无言，当诗中人物的故事或情绪积攒到一定程度，读者等待它喷薄而出时，忽然"诗里一些东西消失了"，在停止和接踵而至的空白中，获得了"此时无声胜有声"的效果。

如果我们放眼印度东北部，那里又完全是另一番景象。历史上，东北部远离次大陆古代文明中心，受印度河流域和恒河流域文化影响较小，民族构成复杂，散居着大量原始部落和少数民族。1947 年印度独立后，一些部落和民族被强行并入印度，导致这一地区分离主义倾向十分严重。由于安全形势不靖，东北部也是印度最不发达的地区之一。

对东北部阿萨姆邦诗人蒲肯来说，这里却是一块宝地。尼尔马尼·蒲肯（Nilmani Phookan）1933 年生于阿萨姆邦乡村，以阿萨姆语写作。其诗作多以阿萨姆邦乡村为背景，这里奇幻的原始神话和民谣、丰富的珍稀动物、乡村生活的悠远节奏，塑造了蒲肯对万物的敏锐感知，也聚合在他诗中，形成独具特色的意象群，表达对人类命运的深邃思考。

《我正下山》描写作者从黄昏时分到第二天破晓在下山路上的神秘体验。时间浓缩在一个夜晚中，岩石、水鸭的悲鸣、红莲上的微光，昭示出接近于神的真切，令"我"感知到永恒的存在，与祖先、与万物、与神灵融为一体。印度教中，湿婆是毁灭和再生世界之神，是宇宙的最高主宰。他的妻子是雪山女神帕尔瓦蒂，女神也具有伟大的能量，只有通过象征生命阴性来源的女神，湿婆才能发展出他的特性。在诗的最后，作者看见湿婆体内升起帕尔瓦蒂，象征永恒的再生。

"我要从南走到北，我还要从白走到黑。"诗歌的脚步途经这片斑斓的土地，生动映现了不同地域的情态和风貌。

密切的人神关系

印度可谓是世界上宗教生活最为复杂繁缛的国家，有印度教、伊斯兰教、耆那教、基督教、佛教、琐罗亚斯德教、原始信仰……其中，信仰人口最多、影响最大的印度教更是建立了庞大繁复的神魔体系。可以说，对印度人而言，神魔世界与现实世界是相互交融的，宗教生活不是特定仪式，而是现实血肉相连的组成部分，各式各样的神灵也必然成为诗人笔下的主角。

阿朗·科拉特卡尔（Arun Kolatkar，1932—2004）是印度当代最有影响力的诗人之一，来自马哈拉施特拉邦，以马拉地语和英语写作。1976年发表组诗诗集《杰久里》，并凭借诗集一举成名，荣摘1977年英联邦作家奖。其诗作举重若轻、轻盈幽默。

《耶什万特·拉奥》是其组诗《杰久里》中的一首。杰久里（Jejuri）是马哈拉施特拉邦浦那县的一处宗教圣地，以神庙闻名。在印度教的万神殿中，耶什万特·拉奥是一个"二等神"，他没有在神庙主殿获得位置，甚至被远远放置在外墙之外，仅在最不起眼的神庙边缘成为"看门神"。他的塑像无头、无手、无脚，仅是一堆"血浆般的岩石"，因此，四肢残损的人们把他视作保护神，如果手脚出了问题，就向他的塑像供奉手脚形状的木头，以祈求早日康复。有说法认为，耶什万特·拉奥是印度最低下的阶层——不可接触者的信仰，"二等神"的遭遇对应着森严的人间等级。

科拉特卡尔在诗中讽刺那些高高在上的神与供奉他们的人们实质上是卑劣的利益交换关系，人通过贿赂神获得名利财富，甚至飞往天堂的火箭的救赎之票，而倒霉的二等神耶什万特·拉奥却只能当个骨科医生，连外貌也只是像一块"特大尺寸的熔岩蛋糕"。人世间分三六九等的种姓，流浪的小狗大概也属于贱民阶层。科拉特卡尔独具匠心，将现实的种种荒谬推及神灵和动物，令人在莞尔之中产生深深的思索。讽刺背后，不难看出诗人怀着真切的同情，与"小商贩和麻风病人"站在一起。这种反对等级的态度同样体现在《废墟中心》里，昔日神殿已成一片残垣断壁，成为流浪狗和甲壳虫的居所，但也许神"更喜欢这样的神庙"。

女诗人阿兰达蒂·苏布拉马尼亚姆（Arundhathi Subramaniam）则在《当神是一名旅行者》中，以神灵的故事表达她对现实和世界的思考。诗中主角是战神室建陀。印度神话传说里，室建陀是湿婆和雪山女神的儿子，象头神迦内什的兄弟，他的坐骑是一只孔雀。湿婆和雪山女神让两个儿子周游世界以寻求知识之果，室建陀听罢就立即启程，但他机智的兄弟迦内什却请父母坐上宝座，礼拜他们，绕着他们转了七圈，并说"我的父母就是整个世界"，于是迦内什得到了知识之果。但诗人认为，这并不意味着室建陀所做的是无用功，徒然地环游世界可能是大多数人的命运，但流浪会让人们更加深刻地认识家园，对万物产生更宽厚的理解。

宗教历来是印度诗歌最重要的主题。如果说，古代诗歌重在讲述神话故事，赞颂神灵伟力，那么，现当代诗人更关心宗教和现实的关联，既然宗教和政治、和现实、和朝夕相处的生活无法割裂，那么如何通过宗教更好地探究世界的本质？因此，作为信仰源头的湿婆可以成为诗人思考世界的最终抵达，宗教圣地也可以成为反观现实问题和荒谬的所在，宗教既是哲学路径，也是诗人体验世界的方式。古代的宗教诗歌指向的是神，而现当代关于宗教的诗歌却指向了神背后的人。

深邃的哲学思考

印度人追求宗教超越，把印度文化传统引向对哲学的不懈追求，这赋予了印度文化重视玄理的特点。对超越物质表象的本源的探究、对人类存在终极意义的叩问也不断回响在印度现当代诗歌中。

室利·奥罗宾多（Sri Aurobindo, 1872—1950），是具有世界影响的思想家、哲学家。他早年是印度民族独立运动的主要领导人，亦是杰出诗人，后从政治转向哲学研究。奥罗宾多将印度原有的瑜伽哲学理论进行了归纳总结，并引进进化论、弗洛伊德精神分析等西方哲学元素，建立了"整体瑜伽"理论体系，被印度人称为"圣哲"，与圣雄甘地、圣诗泰戈尔合称"三圣"。

奥罗宾多认为，宇宙万物的演化就是以"梵"为本体的"精神"从低层次向高层次进化的过程，人必须要通过整体瑜伽修炼，"打破个人心智、生命及肉体的限制，消融小我，进入宇宙意识"。他的诗歌也与哲学观念一脉相承。《虎与鹿》以准确、精湛的语言，描写森林中一只老虎捕食鹿的过程。奥罗宾多笔下的老虎代表了宇宙的壮美和恐怖，而鹿则是纯然的柔弱良善的代表，在现世，强力残酷之美摧毁了柔弱无辜之美，但作者相信，世界必将进入和谐美好的理想境界，曾遭到摧毁的美丽之物将比强力者活得更加长久。如果说威廉·布莱克的《老虎》是对生命力的高声赞美，奥罗宾多则是借助《虎与鹿》表达对宇宙进化与终极状态的深邃思考。《宇宙意识》描写修炼瑜伽过程中的心灵体验，小我如何与宇宙意识融为一体。

苏布拉马尼亚姆的《变脸》以精巧的构思，揭示真实自我与理想自我之间的张力，人是否可能逃脱现实的面具？与自身欲望的关系是什么？真实与伪装的界限在哪里？小诗犹如一颗石子，激起一圈圈涉及人存在意义的终极问题，它看上去简单，细究起来又像风铃般丰富新奇，令人解颐。

诗人威洛德在诗中呈现的哲学观则更加质朴浑厚。威洛德·库马尔·舒克拉（Vinod Kumar Shukla）1937年生于拉杰纳恩德加奥恩县（Rajnandgaon，原属中央邦，2000年恰蒂斯加尔邦从中央邦分立后属恰邦），农学硕士，以印地语写作。1999年曾凭借小说《住在墙中的窗户》获得印度文学院最佳印地语作品奖。其诗作坚实饱满，并始终对人类面临的普遍问题进行精准的思考。

　　威洛德远离尘嚣，一生居住在远离政治权力中心的城市。这不由得让我们想起德国哲学家康德，不同的是，威洛德所面对的是一个更加苦难和沉重的现实。恰蒂斯加尔邦是印度经济欠发达、人均收入较低的邦区之一，邦内山区丛林地带更成为"纳萨尔"武装分子的盘桓区之一。在印度东北—西南向的"红色走廊"中，恰邦一直是走廊上的活跃一环。可以想见，诗人的故乡承受着印度底层最沉重的悲哀，贫困时刻威胁人们的基本生存权，族群冲突根深蒂固，安全得不到基本保障……这就是为何有评论家指出，威洛德写作的大背景是"尼赫鲁之梦的幻灭"，亦即大量人口被排斥在现代化发展图景之外，国家依然深陷苦难的深渊。

　　面对苦难，诗人并未沉陷于苦难。事实上，描绘苦难、展现不幸、发出悲鸣，抑或深思苦难背后的成因并进行谴责，可能是常人最普遍的反应，在诗歌的历史上，我们见过太多以笔触乃至肉身与现实缠斗的诗人。威洛德的特殊在于，他超越了具象的纠缠，而以一种优美的超脱和清晰，试图呈现人类面临的普遍性问题：不公、和平、痛苦、死亡。这些问题是永恒的、古老的，而威洛德的答案是坚定的、乐观的：努力走向生活在更宽广之处的人们，努力和他们接触，努力施与同情，努力建立自我与世界的深刻联系。

　　人如何回应世界？在《那些永不会走入我家中的》一诗中，诗人选择了相遇、跋涉与敞开，走出去与最底层的人民交谈，四方求索，甚至他已经预感到自己的命运将是在河流中"沉没"。他传达出真正的乐观，并且使这种乐观超越个人利益，进入更加宽阔的人类视角。诗人的乐观还在于，始终相信世界上必然存在优美的事物，如《必然会有一个孩子》写道："并且壶中之水是可饮用的"，即使爆发战争，"我"也必然幸存。这个"我"不是小我，而是"梵我合一"，能与"梵"对话的、永恒的自由之我。在沉重的现实面前，诗人流露出对现实的深切关照，小我渴望肉体死亡、精神如故，而大我仍然在无上的存在的河流中歌唱，因为世界上必然存在优美的事物。《一个男人坐在绝望中》不仅包含对弱者的同情，更重要的是，"施援者"与"受援者"并非居高临下而是相互搀扶的关系，施援者也认识绝望，意味着在某种境遇下，施援者有一天也会陷入受援者所处的境地，因此，施以援手、并肩向前不仅是救助他人，也是救助自我，寥寥数语，充分展现了诗人对社会关系的深刻思索。这种博爱之心更体现在《人应当在远方眺望故土》，家中的孩子就是地球上所有的孩子，个人的家就等同于地球。家如此混乱，地球也如此混乱，诗人承担起了家的重任，也就自觉承担起了地球上一切重担，从而呈现出个人与人类命运的普遍相通。

诗人与语言的深刻联结

语言是存在的家园，对诗人有关乎命脉的重要意义。语言和诗人的关系在印度诗人身上又尤为复杂、深刻、有趣。

在约瑟夫《致马拉雅拉姆语诗歌的信》中，诗人珍爱的母语犹如失去自由的少女，囚禁在高楼大厦、丝绸、汽车所代表的富足生活中，囚禁在诗行和韵律的形式中，囚禁在通向庙宇的精神枷锁中。出身贫寒、经过底层磨砺的诗人自信，如果试图打破现状，那么现状必然是一座监狱，诗歌真正想要的是"在太阳里燃烧，在暴雨中发烧"的自由。诗人献给语言的情书，就是献给自由生活的宣言。

语言与苦难的关系是诗人蒲肯偏爱的主题。在《我们刚刚在谈论什么》开篇，万事万物都处在不变的行进之中，石头的僵硬和水的冰冷也成为一种动态，所有的变动都指向人与万物共享的悲剧命运，指向死者、被屠杀的小牛，也指向个体被剥夺、被咬啮的时间。贫穷的儿童和缓缓变成沙砾的陆地具有内在相似性，人与万物在变动中形成了深邃的联结，而这种联结无法以语言来形容或指认。故诗人认为"诗歌里空无一物/没什么比蟋蟀的唧唧声/更加深刻"，诗人的怜悯、同情和思考超越了语言的弧度，语言能够触及的深度远远比不上心灵间的相互依偎，从而将解构指向了诗歌和语言，但这恰恰反映了蒲肯强烈的现实感。这种思想在《诗歌是为那些不会读诗之人》中更明确地表达了出来。蒲肯将人类世界所有的苦难和变迁都浓缩在诗行里，表明诗歌不应该停留在诗人的孤芳自赏之中，而应该撞击人间的哀恸和欢欣。令人感动的是，在书写沉重事物的同时，蒲肯同样书写了少女美好的双唇、黄蝴蝶的翅膀，传递出生存的希望与轻盈。

多民族、多种群、多文化的历史使当今印度社会如同人类修建巴别塔而被上帝打乱了语言。目前，印度政府认可的邦级官方语言就有22种，根据2001年印度政府普查，100万以上人口使用的语言有30种，1万以上人口使用的语言则有122种。语言蕴含的冲突和张力在每一位印度诗人身上都有不同程度的体现，他们以自身所在地域的语言创作，使用这种语言便意味着延续其特有的文化传统，又通过英语译文为外界所知。一首诗中往往有多种文化碰撞，进而产生丰富的回声。

《牛津12位印度当代诗人选集》编者阿尔文德（Arvind Krishna Mehrotra）曾以阿朗·科拉特卡尔为例展现印度诗歌语言的复杂性。阿尔文德认为科拉特卡尔"用两种语言①创造了两套作品体系，二者同样独特和重要……他援引了马拉地语文学传统，以及他所知的梵语文学传统；他还援引了英美的传统，特别是美国黑人音乐和言语传统"。

在我阅读、翻译印度诗歌的过程中，我一度感到内疚、惶惑甚至沮丧，诗人创作语言—英语—汉语的转换过程中，势必会折耗一部分意义和情感，我如何能保证准确理解其义并传递出来呢？有谁能保证这个过程中不发生误解和谬差呢？在更高的意义上，诗歌翻译是可能的吗？

---

① 即马拉地语和英语。

威洛德的诗带给我很大宽慰。威洛德的诗用词简单，也很好懂，即使经过印地语译为英语，再转译为汉语，每一个词依然坚固而饱满，像石头的内里，集聚了沉甸甸的能量，散发着强壮清晰的诗意。威洛德本人对语言的克制与张力有很强的意识，他曾在接受媒体专访时说："我们应该如何使用语言？一个人如何证明自己完成了他得到的语言？我一直努力小心谨慎地使用语言，最大程度地释放它们包含的所有情绪。"他是如此珍重每一个词的意义，必须将每个词荷枪实弹，使每个词都与它代表的世界相连。也让我更加确信，诗歌是可译的，沉潜在字句内核里的诗性不会散失。

印度现当代诗歌如一份聚集了各式香料的咖喱，具有浓郁的印度风味。我们在其中品尝到浓烈滚烫的人间故事，读到晚风中依依絮语的苦楝树、跳舞的孔雀、散发微光的红莲、哞哞叫唤的小牛……人、植物、动物、神灵在此汇合交织，亲密无间，散发出印度特有的热带馥郁气息。

愿你能透过这一小诗的棱镜，感受印度现当代社会的瑰丽多彩和不可思议。

附：相关译诗^①

石匠^②、父亲和我

石匠让石头有梦可做；
我擦亮火柴点燃烟火。

他们说人不该走入
父亲的人生：
　　　我进去了；我挠
他的胳膊肘，
　　　他的胳肢窝。

石匠给石头花朵；
我吹起喇叭。

---

① 原文出自以下三本诗集：Eunice de Souza, Melanie Silgardo. These My
Words: The Penguin Book of Indian Poetry[M]. Delhi: Penguin Books
India, 2012; Arvind Krishna Mehrotra. Arun Kolatkar Collected Poems
in English[M]. Northumberland: Bloodaxe Books, 2017; Arundhathi
Subramaniam. When God is a Traveller[M]. Delhi: Harper Collins In-
dia, 2014.
② 石匠特指一个说泰卢固语的不可接触种姓群体，该种姓包括妇女在内的绝大
多数人依靠人力采石、碎石为生，他们通常在全国各地迁徙，从事这种重度
体力劳动。

我代替站着的帕西人①

变成石头

    在四个女人身边

弯腰如弓。

我看见父亲血淋淋的屁股。

    在黑暗的喧嚣中

    我抽烟

      随着回忆缓缓燃烧

    直到我的嘴唇烫伤。

石匠让石头受孕；

我数着筋疲力尽的马匹。

我将自己套上马车；我收拾

父亲的尸体；我缓缓燃烧。

石匠将血混入石头；

我挑起许多石头。

    石匠建造

    石头房子。

---

① 公元八世纪到十二世纪，大量波斯人为逃避穆斯林的迫害迁往印度次大陆的
西海岸定居，被称作帕西人，信仰琐罗亚斯德教。帕西人善于经商，较为
富裕。

我的头被石头砸伤。

——纳姆奥·达索尔

卡玛蒂普拉①

夜间出没的豪猪在这里斜倚

像诱人的灰色花束

身上的梅毒疮口已有几个世纪

他推开日历

在自己的沉梦中永远迷失

男人忘了如何言语

他的神是个拉屎的骷髅

这虚空能找到声音，会成为声音吗？

如果你愿意，请用铁一般的眼睛注视

如果它有个破洞，请保持原状

只要看它诱人的外表，人就会发狂

豪猪醒来

用尖锐的鬃毛攻击你

---

① 孟买街区，曾是著名红灯区。

让你遍体鳞伤

当夜晚为新娘做好准备，伤口开始绽放

打开无尽的花朵的海洋

孔雀不停地跳舞和交配

这是地狱

这是旋涡

这是丑陋的痛苦

这是缠绕在舞者脚踝的疼痛

撕掉你的皮肤，从你的根上撕掉皮肤

剥你自己的皮

让这些永远中毒的子宫脱离身躯。

别让带编号的肉球孕育四肢

尝尝这个

氰化钾！

当你死于无穷分之一秒时，

写下这永远被践踏的死字。

那些想品尝的人排起长队

毒药的甜或咸味

死亡聚集于此，如同言语

在一分钟内，它将开始降临。

噢，卡玛蒂普拉，
将四季掖入你的胳肢窝
你蹲在泥里
我超越所有娼妓的欢乐和痛苦并等待
你的莲花绽放。
——淤泥中的莲花。

——纳姆奥·达索尔

乳　房

乳房是泡沫，从
潮湿的沼泽地升起

我满含敬畏地观察——以及谨慎——
她们逐渐肿胀和绽放
在我青春期的边缘

从不向别人谈及，
她们只和我一人
歌唱，一直如此：

关于爱，

狂喜，

心碎

向着我蜕变期的苗圃，

她们从未忘记并总能

唤起兴奋

在忏悔中，她们肿胀，如同竭力

要挣脱获得自由；任凭欲望激烈撕扯，

她们飞翔，唤起音乐的狂热

从拥抱的挤压里，她们提取

爱的精华；在分娩的

震动里，乳汁来自奔跑的血液

像无法抹去的未实现之爱

流下两颗泪珠

她们涌出，仿佛不堪承受更多痛苦。

——库蒂·雷瓦蒂

灰　鸟

树木的阴影
静坐在自己的冠盖下
像一只灰鸟

一个女孩前来清扫
仿佛她想抢夺并带走
整条街拖长的寂静，

正是在这里
他曾让我等待，
他也曾拿走我的爱

扫地女孩
已经走了很久，她带走
寂静，她不停
回首看我

现在夜色已倾泻而下
像泪水。令人着迷又恐惧，

像身体终于做好准备抵达
自己的绽放。我在等

这里……他从远处走了进来，
像负荷累累的乌云将卸下
雨水，
在这难以承受的欢愉时刻，
红色的星辰开始在我体内爆炸

但是，树，
依然静止；纹丝不动——
像一只灰鸟

——库蒂·雷瓦蒂

我姐姐的《圣经》

我姐姐的《圣经》里有这些：
一张皱巴巴的粮票
一份贷款申请表
一个会割破喉咙的放贷者的名片
教堂和寺庙的
免费餐券

我哥哥孩子的照片

一件如何织婴儿帽的说明

一张一百卢比钞票

一纸中学毕业证书

我姐姐的《圣经》里没有这些：

前言

《旧约》和《新约》

地图

红色封皮

——S.约瑟夫

我正下山

我正下山

暮色四起

我步履所及

水平垂直的四周

岩石磊磊

飞天女神

紧密相拥

男性和女性的金纳尔①

男人和女人

皆镌刻入

原始的夜色

一棵石榴树乍然出现

还有一棵橘子树

从千年

沉默的罅隙中

我祖先的双手浮现

一群水鸭的悲鸣

在水草叶上轻轻颤抖

天色渐沉

在我脸庞的铜板上

我正在燃烧

在红莲上

珍珠发出微光

_____

① 金纳尔（Kinnar），意为跨性别者。金纳尔多靠在嫁娶、生子等吉庆场合为人
唱歌跳舞为生。

我是岩石是人类

我是黏土是人类

仿佛站在一个巨大圆环

的中央

我看见

火水空气植物星辰

我是太阳的御者

承担起万千生命

我在体内聚集

大海树林沙漠上的

所有阳光

我专注的意念

触及每个季节的

黑色太阳

我赤身裸体

永远不老

以我之躯

我感受到

岩石

藏于水底和陆地

岩石

以及人类血肉

构成的星球

我的唇舌

肺腑

感受到岩石

在我漫长生命里

棱角分明的隐秘之地

岩石

水平垂直的四周

湿婆岩石和人类

湿婆公牛和岩石

公牛和人类

时间的脉搏

我是岩石和人类

我是人类种在岩石中的

一个吻

在岩石磊磊的旅途中

升起已婚的女人

岩石之山

陆地和梦的古老智慧

梦幻青春的抒情诗

夜晚开始落下

月亮升起

穿过一只鸣鹿之角

岩石的声音

升起

回旋升向天空

湿婆岩石和人类

湿婆永恒之火的燃烧高塔

在湿婆体内

帕尔瓦蒂升起

呜咽悲啼

现在黎明已临

在陆地的子宫里

——尼尔马尼·蒲肯

耶什万特·拉奥

你在寻找神吗？
我知道一个不错的。
他的名字叫耶什万特·拉奥
最好的神灵之一，
下次你去杰久里
记得要去看看。

当然他只是个二等神
他的神龛放在主殿之外。
甚至外墙之外。
仿佛他只属于
小商贩和麻风病人。

我也知道些
更面容俊美
更挺拔伟岸的神
他们从你的金子里汲取你
他们从你的灵魂里汲取你
他们让你走在

燃烧的煤块上

他们把孩子放入你的妻子

或将刀子放入你的敌人

他们教导你如何度过此生，

财富翻番

或地产扩大三倍

当你为他们爬行一公里

他们仅仅强忍住微笑。

如果你不为他们买一顶新王冠

他们就眼睁睁看你溺水。

虽然我知道他们都值得颂扬，

但对我来说他们不是太匀称

就是太夸张。

耶什万特·拉奥。

一堆玄武岩，

像邮筒一样闪亮，

细胞质的形状

或一块扔到墙上

特大尺寸的熔岩蛋糕，

没胳膊没腿

甚至连头也没有。

耶什万特·拉奥

这个神你得去拜拜。

如果你缺胳膊少腿，

耶什万特·拉奥会帮你一把

让你重新站立。

耶什万特·拉奥

没做什么惊天动地的事。

他从未许诺你坐拥千里

或帮你订一张下趟飞往天堂的火箭票。

但你知道他能修理

任何骨折。

他让你的身体完整无虞

并希望你的精神能照看好自己。

某种程度上他只是个骨科医生。

唯一特别的是，

由于他自己无头无四肢，

他刚好更懂你那么一些。

——阿朗·科拉特卡尔

废墟中心

屋顶落在马鲁蒂①头上
似乎无人在意。

尤其是马鲁蒂自己
也许他更喜欢这样的神庙。

一只杂种母狗
为自己和孩子们找到了家

在废墟中心。
也许她更喜欢这样的神庙。

母狗踱过堆满瓦片的门廊
满怀戒备盯着你。

贱民小狗们和她一起打滚。
也许它们更喜欢这样的神庙。

---

① 马鲁蒂，印度教神祇，《罗摩衍那》中神猴哈努曼别名，传说为风神之子。

黑耳朵的小狗玩得有点疯。

瓦片在它脚下咔咔作响。

这已足以让一只甲壳虫

心中恐惧发抖

它慌忙寻求安全的庇所

爬向破旧的功德箱

箱子压在残梁之下

永无逃脱之机。

这里不再是礼拜之地

却恰恰是神的居所。

——阿朗·科拉特卡尔

当神是一名旅行者

相信神

当他旅行归来

他的声音全麦

　　（并且洋甘菊），

他的智慧苦楝树①，

　　他的孔雀额头羽毛浸透汗水，

　　在阴影中昏昏欲睡。

相信他

当他坐在公园长凳上静默无言

倾听孩子的哭喊

消隐于黄昏，

他的眼神不再飘忽不定，

他的心充满拥有的感觉。

相信他，

他已目睹足够多——

革命，承诺，购物中心的

绝望灯光，病房，

宣言，神学，血里的

强硬滋味，在爱中间凹陷的

---

① 印度苦楝树，英文为neem，常绿乔木，叶子边状呈波纹形。苦楝树在印度广
　泛分布，叶片中蕴含天然清洁成分，印度人喜爱从苦楝树中提取有效成分制
　作洗面奶、牙膏、香皂等清洁产品。

巨大坑洼

相信他
当他不再嫉妒
兄弟获得的奖赏
父母的立场

相信他
他的赛跑仍在进行
他的旅途依然漫长

他的根茎是液体
他知道自己是树
硕果累累，在阳光中
欢喜不已。

相信他
他认出了你——
幸运，丰盈，战争中伤痕累累，
　　　活着——
他知道你来自哪里。

相信神

已做好准备再次环游世界

这一次他无须

以眼观察

这一次他不再抱有目的

————阿兰达蒂·苏布拉马尼亚姆

虎与鹿

光亮的，蹲伏的，下沉的，是何物缓缓爬过森林的绿色之心？

微闪的眼睛，威武的胸膛，柔软无声的爪寓意壮丽还是谋杀？

风蹑脚穿过树叶，似唯恐它的声音和脚步扰动这无情的辉煌

几乎不敢呼吸。但伟大的野兽蹲伏，爬行，

爬行，蹲伏，最后一次，无声而致命，

霎时死亡跃向美丽的野鹿

森林沁凉的树荫下它正悠然啜饮池水，

然后倒下，撕碎，死前的最后瞬间望向

独自奔向幽深林间的同伴——

毁灭，自然的强力残酷之美摧毁了柔弱无辜之美。

但终有一天，老虎不再蹲伏爬行于森林危险的心中，

庞然巨兽也不再撼动亚洲平原；

到那时，美丽的野鹿将在树荫下啜饮沁凉的池水。

强力在强力中消亡；

而罹戮者将比行凶者存活更长。

——室利·奥罗宾多

宇宙意识

我将广袤世界装入更广袤的自我
我的灵魂凝视时间与空间。
我是鬼是精灵是神是魔，
我是风的速度和燃烧的星河。

宇宙是我精心呵护的婴孩，
我是他的挣扎也是永恒的休憩；
世界的欢愉颤抖穿过我的身体，
我孤独的胸中承受万千哀戚。

我深知万物的细微特性，
却不滞于我成为的具形；
我内心携带宇宙的召唤
一步步迈向永恒的家园。

我路过无限羽翼上的时间和生命，

并仍承载所有出生和未生的事情。

———室利·奥罗宾多

变　脸

我需要另一张脸吗？
有时候是的

这张脸不再被欲望
扭曲。你可以像袜子那样
翻出它的内里
永不知道
内外差别，
它如旧羊毛般柔和，如和平般
坚定，它的材质习惯于
凹陷，
废弃，习惯
我的缺席。

———阿兰达蒂·苏布拉马尼亚姆

那些永不会走入我家中的

那些永不会走入我家中的

我应该去追寻。

涨潮的河流永不会走入我家中。

去追寻河流般的人们,

我应该走向河流,轻轻游动并沉没。

沙丘,岩石,高山,池塘,无尽的树木,原野

永不会走入我家中。

我应该四方求索

追寻沙丘,高山,岩石般的人们。

我应该结识劳作的人们,

并非在闲暇时光,

而视它为重要的工作。

我将坚守最初的愿望,

如同坚守那最后一个。

——威洛德·库马尔·舒克拉

必然会有一个孩子

必然会有一个孩子

必然会有些许花朵在盛开

必然会有欢乐

并且壶中之水是可饮用的

并且能从空气中拽出呼吸

世界必然存在于

残存的世界中我依然是

将要爆发的战争的幸存者

我渴望死去，保持故我

直到死亡来临前的最后一刻

我应当祈祷永生

因为还有些许花朵

还有世界

——威洛德·库马尔·舒克拉

一个男人坐在绝望中

一个男人坐在绝望中

我不认识他

但我认识绝望

所以我走向他

伸出手

紧握我的手，他站起来

他不认识我

但他认识我伸出的手

我们并肩前行

我们不认识对方

但我们知道并肩前行

　　　　　　　——威洛德·库马尔·舒克拉

致马拉雅拉姆语诗歌的信

那日我们在河上相遇，

同坐了很长时间。

河流有窗，你说，

穿过那扇窗我将飞远。

当我离开你回到村子

我依然记得你的言语。

如果河流有窗，它肯定是房子；

如果你渴望飞远，它肯定是监狱。

我住在穷人之中，

和他们一样的小棚子。

有什么吃什么。

要去远处取水，

听见父亲叫我阿狗。

要清理母亲的便溺。

罐头，拖鞋，瓶子，报纸，

我靠挑拣售卖这些为生

人们叫我捡破烂的，

车厢拒绝我的行李。

我依然呼唤你。

你并未前来。

我知道你的人们：

他们如同高楼大厦。

他们将你紧紧锁在

诗行和韵律之中。

透过一个小洞你窥见世界

被日常琐事绊倒。

不会忘记你凝视我的样子

就像，饰以丝绸和微笑，

你坐在车里加速驶向庙宇。

你已厌倦这些，对吗？

一个女孩将渴望

看见树林，

熟睡在茅草屋里，

跋涉穿过污秽和淤泥。

她将在太阳里燃烧，

在暴雨中发烧。

你想要的是自由，对吗？

这正是我们拥有的全部：

你能畅所欲言，

能沐浴溪水，

当你流连庭院

能和鹡鸰一起啾鸣，

能坐在阳台地毯上。

父母将常伴你左右。

下班后我急忙回家。

躺下享用晚餐

稀粥和芽菜

或仅仅望向天空。

猫头鹰的号角该会令你惊惧，

然后我将满含爱意轻轻抱你。

——S. 约瑟夫

我们刚刚在谈论什么

1

我们刚刚在谈论什么？

关于正在僵硬的石头，冰冷的水

关于燃烧的火焰

关于开屏的孔雀

关于世界第一个黎明是何模样

为何当甜蜜的水果入口瞬间

它就变得苦涩

关于骤然盛怒的天空

像刚刚熄灭的余烬

距离午夜只剩四分钟

关于缓缓成沙的陆地

竹林的阴影

化为灰烬

2

不，现在我什么也不记得

刚刚你告诉我

你爱我?

那种爱仅仅献给

人类

仅仅献给贫穷的儿童

献给海底或煤块中

干渴的野草

所隐藏之物

那个午夜

当你沉默落泪

说的就是这些吗?

3

所有那些日子里

我找不到可以称之为自己的

生命

或完全属于自己的死亡

是谁将我的白天黑夜

咬啮成碎片?

我如何才能度过这些

血淋淋的时间？

4

谁，在暮色初起时
开始举办庆典？
而死者中的谁
将会参加？

多少次
小牛的皮哞哞哀唤？①
而多少次它们返回
满身通红带血？

归途中它们会看见什么？
它们何时回首？
在那条孤独的迷宫般的路上
是谁，它们再也看不见？

5

像风一样

---

① 牛被印度教徒视为神的化身，享有崇高地位，此处的小牛具有宗教意味。

马匹在院中转动

倾听它们的嘶鸣

昨夜，一个声音低沉

如你般的诗人

去世了——

他已知道

诗歌里空无一物

没什么比蟋蟀的唧唧声

更加深刻

我们刚刚在谈论什么？

关于正在僵硬的石头，冰冷的水

关于燃烧的火焰

关于开屏的孔雀

——尼尔马尼·蒲肯

诗歌是为那些不会读诗之人

一位诗人曾说

诗歌是为那些不会读诗之人

为他们心上的伤口

为他们长出荆棘的手指

为生者和死者的

哀恸和欢欣

为日日夜夜路上

滚动的抗议

为沙漠中的烈日

为死亡的意义

和生存的空虚

为受到废墟诅咒的黑色石头

为少女圆润双唇间的红点

为黄蝴蝶的翅膀停歇于带刺的铁丝网

为昆虫，蜗牛和苔藓

为傍晚天空下孤独翔集的鸟儿

为火与水的焦虑

为五百万个贫病交困孩子的母亲

为变得血红的月亮的恐惧

为每个静止的瞬间

为瞬息万变的世界

为你的一个吻

为那句古老的谚语：

黄昏之人终将再次成为黄昏。

——尼尔马尼·蒲肯

告　别

最后一个黎明
当阳光穿过窗棂
七百多个日夜的暴风雨已经止息
海水消失在大海深处

炎热的、忍耐的、没有终点的岁月
此刻，凝固成一根针
我将离开这被芒果钟爱的土地
眼睛里闪耀着忧愁和祈祷
罗摩的子民
我是失重的羽毛
重新被嵌入生活的相册

三月的手摩挲着菩提树叶的双颊
悬在风中的每一双鞋子
等待我穿上
每一个陌生人等待我
双手合十重新回来

后　记

　　少时读到的第一本诗集，是父亲珍藏的《泰戈尔散文诗全集》，那些优美的句子萦绕在心怀，令我忍不住反复默念、抄写、背诵。我对诗的最初感知，就是从泰戈尔开始。

　　缘分使然，2015 年至 2017 年，我被派往印度工作。初至印度，我对这个国家的种种不可思议难以理解，也不适应那里的生活。以现代化的尺度观之，印度不是一个宜居之地，她的许多缺陷会让许多人心生鄙夷。但潜移默化之中，我对印度文化由偏见到理解，再到喜爱与研究，我渐渐领悟到古老的生存方式自有其自足、深厚的理由，印度之美正是在于她的复杂和矛盾，在于种种看似截然相反之物激烈碰撞之后的奇妙共存。少年时代读过的诗句，在现实中又变得清晰、生动，一句句都复活了。

　　更让我感动、感谢的是，在印度期间，我与许多当地民众打过交道，他们仍葆有一种悠久的、厚实的质朴和善意。他们中的许多人，此生与我无缘再见。但我仍然希望通过这些文字，在冥冥之中向他们致意。

　　如若有读者会因这本小书对印度生发出一点兴趣，那将是我莫大的荣幸。我并非研究印度文化的专家，学力有限，文中如有纰误，敬请广大读者指正。

本书的写作和出版得到了我的家人和诸多友人的帮助，在此深深致谢：感谢林民旺教授、叶海林教授拨冗推荐；本书部分内容曾在上海《文汇报》上发表，编辑陆益峰先生给予许多支持；浙江出版联合集团徐宁、浙江文艺出版社陈园两位女士付出了大量心力；香港中文大学（深圳）佛教汉语研究学者李博寒女士为我解答了不少疑惑；北京外国语大学全球史研究院印度文化专家巢巍先生全文审读了书稿并提出许多专业意见；尤其要感谢友人刘知柏先生，没有他的鞭策与鼓励，本书的写作是难以完成的。

水　心

2019 年 6 月